DreiLänderMann

Manfred Karl Becker Mann

DreiLänderMann

Aussergewöhnliche Begebenheiten

Books on Demand GmbH

Die Deutsche Nationalbibliothek verzeichnet diese Publikation in der Deutschen Nationalbibliografie; detaillierte bibliografische Daten sind im Internet über http://dbd.d-nb.de abrufbar

© 2019 Becker Mann, Manfred Karl
Herstellung und Verlag: BoD – Books on Demand, Norderstedt
ISBN: 9783734735097

Inhalts-Verzeichnis

	Seite
00 Vorwort	9
01 Mögen Sie Erdbeeren ?	13
02 Verlorene Zeit	19
03 Ostzone	26
04 Steinschlag	31
05 Dreisitzige Lambretta	37
06 Stromschlag	41
07 Horizonte	45
08 Rutschpartie	53
09 Erkenntnisse	57
10 Rennfahrer	64
11 Radmeister	68
12 Passverlängerung	70
13 Plantage	75
14 Kirschendiebe	81
15 Geschäftsleben	85
16 Hochdruck	89
17 Amigo	94
18 Gewusst wie	98
19 Gerechter Ausgleich	102

20 Tunnelblick	107
21 Neue Liebe	112
22 Armer Hund	118
23 Sportwagen	123
24 Erfahrungen	129
25 Ladestock	136
26 Njet Balalaika	140
27 Harley	149
28 Willys Jeep	154
29 Concorde	162
30 Australien, wir kommen	165
31 Alles Experten	173
32 Golf	179
33 Heiligensee	185
34 Whoopi Goldberg	189
35 Dachsturz	194
36 Gut gegangen	199
37 Auf Abwegen	204
38 Kohlfirst	209
39 Nachwort	215
40 Anhang: Limericks in deutsch und englisch; ab	219

"Nichts auf der Welt ist so gerecht verteilt wie der Verstand. Denn jedermann ist überzeugt, dass er genug davon habe"

Rene´ Descartes, 1596-1650

"Man muss viel gelernt haben, um über das, was man nicht weiss, fragen zu können"

Jean-Jacques Rousseau, 1712-1778

Vorwort

Der Mensch steht immer wieder vor neuen Herausforderungen. Erst im Rückblick stellt sich dann heraus, ob jeweils die richtigen Entscheide getroffen wurden.

Der Titel "DreiLänderMann" bezieht sich auf die drei Länder Deutschland, Schweiz und Australien, in denen ich jeweils viele Jahre verbracht habe und im Dritten hoffentlich noch weitere Zeit bei bester Gesundheit verbringen darf.

Nach dem Buch "Knallfrösche, Schelmereien und Schlimmeres", Jugenderinnerungen 1943 bis 1960, erschienen 2012 im Verlag BoD unter dem Pseudonym Manfred

Mann, wird hier von eher aussergewöhnlichen Begebenheiten aus Privat-, Berufsleben sowie dem Militärdienst und von weiteren Erlebnissen berichtet. Sehr intime oder verwerfliche Sachen sind natürlich ausgespart.

Die verschiedenen Geschichten sind zeitlich nicht genau geordnet. Sie sind nicht literarisch geschönt und der Text ist in verständlicher, leicht lesbarer Wortwahl gehalten. Mein Dank geht, wie schon beim ersten Buch, an mein Darlingwife Marcella, welche meine Aufzeichnungen für den Buchdruck bei BoD mit erheblichem Einsatz vorbereitet hat. Leider war bei der Erstellung des Buches das Programm der automatischen

Wörterteilung nicht verfügbar, sodass sich zwischen einigen Wörtern grössere Abstände befinden.

Im Anhang befindet sich eine Sammlung von Limericks, teilweise in deutsch und englisch, verfasst zu Geburtstagen und weiteren Anlässen. Diese Limericks dienen dem Leser vielleicht als Anstoss zur Erstellung eigener Kreationen.

Leider besitze ich keine schriftlichen Aufzeichnungen meiner Vorfahren. Man kann niemand mehr fragen; alle sind in der Zwischenzeit verstorben. Zum Glück erinnere ich mich noch an den Inhalt einiger Gespräche, welche ich mir bei Zusammenkünften merken konnte. Allen Lesern, welche mein Buch "Knallfrösche" lesenswert fanden, möchte ich mit folgenden Geschichten wiederum eine kurzweilige Lesezeit bereiten.

Manfred Karl Becker Mann

Down Under 2019

Mögen Sie Erdbeeren?

Meine erste grosse Liebe lernte ich nach meiner Lehre in einem Metallbau-Unternehmen in Nord-Deutschland kennen. Ein hübsches Mädchen kam mir auf dem Werkshof entgegen und sah mich interessiert an. Da ich gerade ungebunden war, wollte ich die Gelegenheit nutzen und anbandeln. Ich war nie besonders schlagfertig, aber in diesem Moment sagte ich zu ihr: Fräulein, mögen Sie Erdbeeren? Sie sagte ja und ich lud sie nach Feierabend zum Naschen in unseren Schrebergarten ein. Sie war 18, ich 19 Jahre alt und es begann eine wunderbare Zeit.

Wir waren von Anfang an sicher, dass wir zusammenbleiben und in absehbarer Zeit heiraten wollen. Meine zukünftigen Schwiegereltern waren vorerst ziemlich reserviert. Sie hielten mich für einen Halbstarken.

Wenn ich mit meinem 1938er Ford Eifel, den man zum Start ankurbeln musste, bei Ihnen vorfuhr, kam bei ihnen keine Freude auf. Erst als mich mein Schwiegervater in spe nach einer Feier in der Wohnung beiseite nahm und mich um einen Gefallen bat, fühlte ich mich angenommen. Er hatte sich über den Hauswart geärgert, welcher um 22 Uhr im Nachthemd, mit dem Hut auf dem Kopf und der Uhr in der Hand an der Tür klingelte und Ruhe befahl. Da alle Gäste diesen für meinen Schwiegervater in spe peinlichen Vorfall mitbekamen, wollte er sich am Hauswart rächen. Ich musste später in der Nacht Wache stehen und aufpassen, dass wir nicht gesehen werden, während der Inhalt einer Tube Klebstoff in dessen Türschloss gedrückt wurde. Von da an war ich ein gern gesehener Gast.

Schon ein Jahr später wurde geheiratet. Man war damals erst mit 21 Jahren volljährig. Da mir ein Monat dazu fehlte, erklärte mich meine Mutter vor der standesamtlichen Trauung für volljährig und ich erklärte daraufhin meinen Schatz, damals 19 Jahre alt, ebenfalls amtlich für volljährig.

Zusätzlich mit uns wurden gleichzeitig in einer Kirche in Norddeutschland zwei weitere Paare getraut: Mein Bruder mit seiner Verlobten, welche aus der Schweiz und der Bruder meiner zukünftigen Frau und dessen Verlobte, welche aus Frankfurt anreisten. Der Pastor sagte, dass er in seiner Kirche nie so viele Leute gesehen hat. In der lokalen Zeitung erschien auch ein ausführlicher Bericht über diesen Anlass.

Zur gleichen Zeit wurde ich für ein Jahr zum Wehrdienst einberufen. Mein Oldtimer wurde aus finanziellen Gründen abgemeldet. Er war in schlechtem Zustand und musste verschrottet werden. Der Ernst des Lebens begann.

Leider endete meine Ehe nach 18 Jahren in der Schweiz, wo wir seit einigen Jahren lebten. Aber aus dieser Ehe entstanden zwei liebenswerte Jungs. Besonders erwähnenswert ist, dass beide Jungs nach der Trennung von meiner Frau bei mir unterkamen, während meine Ex in ihrer eigenen Wohnung für sich selbst sorgte. Da wir alle in demselben Ort wohnten, konnten die Jungs Ihre Mutter natürlich so oft besuchen wie sie wollten. Besonderen Wert legte ich auf gutes Verhalten ihrer Mutter gegenüber. Meine Mahnung musste wohl gefruchtet haben, denn ich bekam nie Klagen zu hören.

Verlorene Zeit

Mein Grundwehrdienst bei der Bundeswehr war ein verlorenes Jahr. Es wäre vielleicht möglich gewesen, sich davor zu drücken, aber ich habe diesen Dienst von Mitte 1960 an ein Jahr lang bei den Panzerpionieren durchgestanden.

Unsere älteren Vorgesetzten dienten vorher noch bei der Wehrmacht im 2. Weltkrieg und so, wie sie sich dort wohl aufgeführt hatten, verhielten sie sich auch bei uns noch. Kein Teamgeist, nur Schikane. Die freiwilligen Soldaten, unsere Gruppen- und Zugführer, wären im normalen Berufsleben nicht brauchbar gewesen.

Die Ausbildung war im Grund anspruchsvoll: Nahkampf, Sprengtechnik, Schiess- und Sturmboot-Übungen, Funk, Nacht- und Orientierungs-Märsche sowie Staatsbürgerkunde.

Aber zwischendurch immer wieder Schikane. Falls einer unserer Kameraden seinen Auftrag nicht ordnungsgemäss ausführte, musste die ganze Gruppe darunter leiden. Unser Hauptmann hat sich ohne Konsequenzen nach dem Soldatengesetz strafbar gemacht mit seiner ständigen Aussage: Lieber tot als rot. Ich widersprach dem und habe daraufhin seine Abneigung gegen mich zu spüren bekommen. Ich konnte ja nichts dafür, dass er erst 1953 aus russischer Kriegsgefangenschaft heimgekehrt ist.

Die gelegentliche auswärtige Übernachtung bei Dienstfreiheit von Samstag auf Sonntag musste am vorher gehenden Mittwoch schriftlich beantragt werden und wurde erst Freitag Abend nach Dienst vom Zugführer nach Ablegen eines erfolgreichen Testergebnisses genehmigt.

Ein üblicher Test war das Auseinandernehmen und Zusammenbauen eines Maschinengewehres mit verbundenen Augen, welchen ich problemlos bestand. Andere Probanden hatten weniger Glück. Der Zugführer zerriss dann vor deren Augen den Antrag. Meine Stubenkameraden rächten sich später für ihr Ungemach. Wir konsumierten einmal nach Dienstschluss einige Biere. Ein ungeliebter Vorgesetzter betrat unsere Stube und sprach ungebeten kräftig unserem Bier zu. Er setzte sich dabei an das offene Fenster. Es ging hoch her und jemand muss ihm einen Stoss versetzt haben, denn er fiel rücklings aus dem ersten Stock. Da er dabei keine schweren Verletzungen erlitt, wurde der Vorfall vertuscht.

Fehlender Teamgeist führte dazu, dass es unter uns Soldaten keinen Zusammenhalt gab. Jeder schaute nur, dass er so gut wie möglich davonkam. Fehlerhaftes Verhalten Einzelner führte in der Regel zu Disziplinierung der gesamten Gruppe, wohl in der Hoffnung, dass diese den Verursacher schikanieren würde.

Der Tagesbefehl enthielt auch die Kleiderordnung. Wir standen einmal während einer Übung in der Kälte auf einem Hügel zur Geländebeschreibung. Ich hatte mir zur Vorsorge einen Schal mitgenommen. Als ich diesen umband, befahl man mir, diesen sofort abzunehmen. Meine Antwort war: Wenn ich in dieser zugigen Kälte keinen Schal trage, werde ich krank. Mir wurde befohlen, sofort den langen Weg zurück in die Kaserne zum Sanitäter zu laufen. Eigentlich ein unsinniger Befehl, denn ich war ja nicht krank. Dort angekommen, lief ich dem Hauptmann über den Weg, welcher auf mich nicht gut zu sprechen war. Auf seine Frage, was ich hier mache, berichtete ich von der Sache mit meinem Schal. Er machte einen sehr unfreundlichen Kommentar und schickte mich wieder die 4 km zurück zur Truppe. Dort meldete ich nicht ganz wahrheitsgemäss, dass ich den Schal umbehalten darf, was wiederum von meinen Kameraden nicht gut aufgenommen wurde.

Bei Sportübungen wurden die weniger Fitten drangsaliert, während alle Anderen Pause hatten. Ich hoffe nur, dass sich diese Zustände in der Zwischenzeit gebessert haben.

Zum Glück zog ich nach dem Wehrdienst in einen 80 Kilometer entfernten Ort und wurde nicht mehr zu weiteren Übungen eingezogen. Nach drei Jahren übersiedelte ich mit meiner Familie in die Schweiz und gab mit grosser Befriedigung alle Militärunterlagen zurück.

Ostzone

Unser erster Sohn war zwei Jahre alt, als wir zwischen Weihnachten und Neujahr unsere Verwandten in der "so genannten DDR" besuchten. Diese "Deutsche Demokratische Republik" nannten wir bis zur Wiedervereinigung nur "Ostzone".

Der Vater meines Vaters und auch der Bruder meines Vaters mit seiner Familie lebten zu dieser Zeit in der Nähe von Weimar. Schon kurz nach Kriegsende besuchte ich als Kind und später als Teenager diese Verwandten.

Wer damals nicht die Eisenbahnfahrt dorthin unternommen hat, kann sich keine Vorstellungen davon machen, was man dabei für Mühen auf sich nehmen musste. Überfüllte Züge, Grenzkontrollen, Schikane. Für eine Strecke, die man heute mit dem Auto in zwei Stunden zurücklegen würde, benötigte man damals einen ganzen Tag.

Die DDR, der Arbeiter- und Bauernstaat, von Russland kontrolliert, war dasselbe Gebilde wie vorher Hitlerdeutschland mit Überwachung und Spitzel.

Trotz Kenntnis dieser Umstände unternahmen wir die Reisen. Nach der Ankunft musste man sich beim Rat der Stadt melden. Weitere Reisen im Inland waren nicht erlaubt.

Offiziell musste Westmark eins zu eins gewechselt werden. Auf den

Bahnhöfen in West-Deutschland konnte man vier zu eins tauschen, nur durfte man sich bei der Einreise mit dem "Schwarzgeld" nicht erwischen lassen.

Mit meiner jungen Familie besuchte ich zu Weihnachten 1962 dort wieder meine Verwandten.

Mein Grossvater hatte für uns im örtlichen Gasthaus ein Zimmer reserviert. Nach Bezug setzen wir unser Söhnchen das erste Mal an diesem Tag auf den Topf, welcher randvoll gefüllt wurde.

Am Abend war eine Tanzveranstaltung angesagt. Als ich meine Verwandten dort traf und meinem Grossvater zur Begrüssung die Hand schüttelte, bemerkte ich an einem seiner Finger einen Verband. Man muss die Zustände kennen, unter welchen manche Leute damals lebten. Das Zimmer meines Grossvaters hatte keine Heizung. Es war ein sehr kalter Winter und eines Nachts schaute seine Hand unter der Bettdecke hervor; dabei hatte er sich einen Finger angefroren.

Nach dem Essen wurde zum Tanz aufgespielt. Der Saal war voll besetzt, die Stimmung gut und die Kapelle spielte ordentlich. Westliche, speziell amerikanische Musik, war von Staats wegen nicht erlaubt. Trotzdem tanzten wir als einziges Paar einen Rock´n Roll nach einer passenden Melodie. Da schoben sich zwei Aufpasser durch die Menge auf uns zu und fingen an zu schubsen. Als ich in Angriffsstellung ging, zog mich der Mann meiner Cousine davon und bewahrte mich vor grösserem Ärger.

Alles in allem haben wir diese Familien-Zusammenkunft genossen. Auch war es das letzte Mal, dass ich meinen Grossvater lebend angetroffen habe.

Steinschlag

Wer früh heiratet und für die Familie sorgen muss, denkt manchmal mit Wehmut an Zeiten zurück, wo er als Teenager noch mit eigenem Vorkriegsauto herumfahren konnte. Nach meiner Heirat ergab sich aus der Schwiegerfamilie der Ankauf eines gebrauchten VW-Käfers. Die Anzahlung dafür wurde mühselig durch Nebenarbeit meiner Frau verdient.

Im Sommer 1963 war es dann soweit: Wir fuhren nach Opatija/Jugoslawien, wo ich bereits 1958 war und wir nun bei bekannten Privatleuten billig unterkommen konnten. Unser Söhnchen, zweieinhalb Jahre alt, wurde für diese Zeit bei seiner Urgrossmutter untergebracht. Es war für uns Zwei eine erholsame Zeit am Meer. Die Rückfahrt traten wir über Meran und Bozen/I an, auf der wir bei meinem Bruder in der Schweiz übernachten wollten.

Auf der ganzen Rückfahrt hatte es heftig gewittert. Der Weg sollte uns weiter über Schuls und den Flüelapass nach Davos und Zürich bringen. Ausgangs Schuls nahmen wir ausnahmsweise ein junges Paar auf, welches in der Dunkelheit im Regen stand und nach Davos wollte. Oben auf dem Pass in 2383 Meter Höhe, damals noch Naturstrasse, sah ich im Scheinwerferlicht grosse Steinbrocken und Geröll, verursacht durch einen Steinschlag, auf der Strasse liegen.

Mit vier Personen im Auto wäre ich wohl stecken geblieben. In der Dunkelheit sah man neben der Strasse nichts; keinen Abhang links und keinen Berg rechts. So hiess ich alle drei Mitfahrer aussteigen und warten, um den Schutthaufen allein im Auto zu überwinden. Kaum war ich in der Mitte, krachte der nächste Steinschlag herunter. Felsbrocken durchschlugen das Schiebedach und landeten neben und hinter mir auf den Sitzen. Es hätte Tote geben können. Ein Brocken traf mich am Hinterkopf, worauf meine Stirn die Windschutzscheibe herausschlug. Das Auto steckte bis auf Fensterhöhe im Geröll fest. Ich kroch aus dem Auto, nahm in meiner Verwirrung den Zündschlüssel an mich und sah einen Personenwagen, welcher den Steinschlag in einem mir unbekannten kurzen Tunnel umfahren hatte, plötzlich nicht weit hinter mir auf der Strasse. Wir konnten mit der hilfsbereiten Person wieder zurück nach Schuls fahren. Dort kehrten wir in einem Hotel ein. Da es schon recht spät war, ging meine Frau schlafen. Ich setzte mich auf ein paar Biere zu Einheimischen an den Wirtshaustisch und berichtete von dem Vorfall. Es war schon fast Mitternacht, als mir jemand das Angebot machte, mit seinem Jeep zum Pass zu fahren, um zusammen mit mir das Auto zu bergen. Wir zogen es mittels Seilwinde rückwärts heraus, starteten den Motor und ich konnte mit dem beschädigten Auto zurück zum Hotel fahren.

Der hintere, linke Teil des Wagens war total eingedrückt und einige Scheiben zersplittert.

Wir setzten trotzdem am nächsten Tag, mit Unterbrechung, unsere Fahrt bis nach Norddeutschland fort. Jedermann sagte, dass die Haftpflichtversicherung die Reparatur bezahlen würde, aber Steinschlag war nicht versichert; nur der

Glasschaden. Das Auto hatte gerade noch Schrottwert und wir durften den Rest des Kaufpreises dann abstottern. Bei Tageslicht konnten wir bei der Rückfahrt auf dem Pass linker Hand fast einen Kilometer steil ins Tal sehen Es war Glück im Unglück, es hätte schlimmer kommen können.

Dreisitzige Lambretta

Da ich schon in jungen Jahren während meiner Ferien mit dem Fahrrad in der Schweiz unterwegs war, fiel es mir leicht, in meinem technischen Beruf später an eine Übersiedelung in die Schweiz zu denken. Auch in Liechtenstein hätte ich eine Arbeitsstelle antreten können, jedoch nur nach einer Probezeit. Eine Firma in der Schweiz machte uns den Vorschlag, dass am Anfang auch meine Frau dort arbeiten könnte. So entschieden wir uns für diese Firma und konnten mit der ganzen Familie problemlos einreisen und Aufenthalt nehmen.

Nur mit Mühe erhielten wir für unseren dreieinhalb-jährigen Sohn einen Platz im Kindergarten. In der Gruppe der Kleinen war kein Platz frei. Nach langem Bitten wurde er auf Probe bei den Grösseren untergebracht. Zum Schluss wurde er akzeptiert und war der Einzige, welcher bei den Aufsichtspersonen sass, während alle anderen Kinder nach dem Mittagessen schlafen mussten.

Kurz nach Übersiedelung schenkte mir ein Arbeitskollege einen alten Lambretta-Motorroller. Bis zu diesem Zeitpunkt brachte ich vor der Arbeit unseren Sohn mit dem Fahrrad zum Kindergarten und holte ihn nach der Arbeit wieder ab. Eine Strecke von 8 km. Mit dem Motorroller war es dann natürlich einfacher. Dazu kam, dass ich auch meine Frau ein Stück weit zur Arbeit mitnehmen konnte. Für den Kleinen baute ich hinter dem Sozius einen passenden Sitz.

Das Problem war, dass sich auf halbem Weg eine Verkehrsampel befand, welche vom Dorfpolizisten bedient wurde. So musste meine Frau vorsichtshalber vorher absteigen und zu Fuss weitergehen.

An manchen Sonntagen fuhren wir mit der Lambretta zu meinem Bruder, welcher 44 Kilometer entfernt wohnte. Das ging einige Male gut, bis der Dorfpolizist uns drei einmal von der Seite sah und mich anzeigte. Ich musste aufs Amt, wo mir erklärt wurde, dass auf einem Roller nur 2 Personen fahren dürfen. Mein Einwand, dass ich den

Kleinen nur als ordnungsgemäss verstautes Gepäck mitführe, wurde nicht akzeptiert. Die Androhung einer Busse führte dazu, dass wir uns anders einrichten mussten.

Diese Situation dauerte nicht sehr lange, denn wir erwarteten unseren zweiten Sohn. Meine Frau kündigte ihre Stelle und betätigte sich fortan als Vollzeit-Hausfrau.

Stromschlag

An einem schönen Sommerabend Mitte der 60ger Jahre machte ich mit meiner Frau einen schönen Abendspaziergang. Er führte uns über Wiesen nahe unseres Dorfes.

Entlang einer bestehenden Starkstromleitung war eine neue Leitung an höheren Masten im Bau. Von einem der höheren Masten hing eine Metallleiter bis auf die Erde herab. Um auf dem steilen Grund im nassen Gras nicht auszurutschen, ergriff ich mit der rechten Hand eine der Sprossen und zog mich bergauf. In diesem Moment kam oben die Leiter zu nahe an die bestehende Stromleitung und übertrug einen 50 KV-Stromstoss durch mich auf die nasse Wiese. Meine Hand verkrampfte sich und hielt die Sprosse fest, bis die Leiter oben durchbrannte und herabfiel.

Dieser Vorgang dauerte geschätzte 10 Sekunden, welche ich bewusst erlebte, aber dann bewusstlos umfiel. Ich kann mir seitdem vorstellen, was Todeskandidaten auf dem elektrischen Stuhl empfinden.

Nach einer Weile kam ich auf dem Rücken liegend wieder zu Bewusstsein. Als Erstes sah ich Gräser über meinem Gesicht im Wind schaukeln und merkte, ich bin wohl noch am Leben. Ein Arzt wurde gerufen, welcher mich ins Spital brachte. Aus Platzmangel wurde ich auf dem Gang untergebracht. Kein Arzt und keine Krankenschwester kümmerte sich um mich; nur die Polizei nahm den Unfall auf. Es war für mich anschliessend eine sehr unruhige Nacht mit sehr unregelmässigem Herzschlag. Erst nach 6 Uhr morgens war der Puls wieder normal. Später sagte man mir, dass für zwei Wochen Lebensgefahr bestand wegen Flüssigkeitsverlustes.

Fünf Wochen dauerte mein Aufenthalt im Spital, wo ich wegen meiner Brandwunden die Beine hochlagern musste. Der Aufenthalt dort hat meinen Appetit auf Kutteln verdorben. Neben mir im Zimmer lag ein netter alter Herr mit Magenproblemen. Zum Mittagessen gab es einmal Kutteln. Gerade als diese serviert wurden, beugte sich der gute Mann in meine Richtung und übergab sich mit Spulwürmern. Diese sahen auf dem Boden aus wie die Kutteln auf meinem Teller. Na, dann guten Appetit.

Es dauerte Monate, bis die Brandwunden verheilten. Manche Narben kann man heute noch sehen.

Horizonte

Durch viele Fahrradtouren in meiner Jugend in verschiedene Länder bekam ich eine weltoffene und progressive Lebenseinstellung, was sich später auch auf die Erziehung der Kinder auswirkte.

Schon frühzeitig wurden sie zur Selbständigkeit erzogen. Ich verdiente damals nicht viel und hatte somit, statt Tennis oder Golf zu spielen, nach Feierabend viel Zeit für sie.

Seminare für besorgte Elter zur richtigen Erziehung ihrer Kinder gab es noch nicht. Wir haben damals wohl automatisch alles richtig gemacht und hatten das Glück, das schon der erste Sohn, welcher bei der Geburt fast sechzig Zentimeter gross und fünf Kilo schwer war, mit vollen blonden Haaren auf dem Kopf, nie gesundheitliche Probleme hatte. Der zweite Sohn, fünf Jahre später geboren, war ebenfalls zum Glück kerngesund.

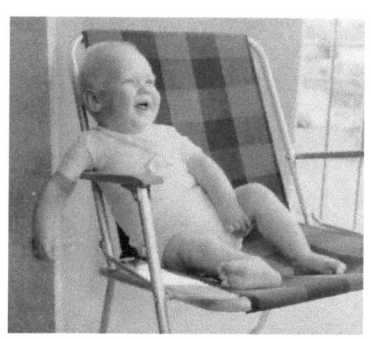

Als dieser ein halbes Jahr alt war, wollten wir mit Auto und Zelt im Sommer für vier Wochen nach Spanien fahren: Unsere ersten Familienferien, worauf wir lange gespart hatten und uns sehr darauf freuten. Aber mit einem Kleinkind die lange Reise anzutreten, schien uns unpassend.

Da fragte uns die junge Frau unseres Hauswarts, welche von unseren Plänen gehört hatte, ob sie den Kleinen für diese Zeit in Pflege nehmen könnte. Etwas Besseres hätte uns nicht passieren können, denn wir wussten ihn in guten Händen. Nicht jede Mutter hätte wohl den gleichen Entscheid getroffen.

Der Grosse verlebte die Ferien im Wohnwagen seiner Grosseltern auf demselben Campingplatz wie wir.

Wenige Jahre später, wenn Ferienzeit anstand, nahm meine Mutter die Kinder gern mit auf Reisen. Auch da musste ein Entscheid getroffen werden, bei welchem viele Eltern Mühe gehabt hätten, denn die Jungs waren erst fünf bzw. zehn Jahre alt.

Diese erste Reise begann mit der Bahn von der Schweiz aus nach Nordeutschland. Wir setzten die Kinder in den Nachtzug und gaben dem Schaffner etwas Geld fürs Aufpassen. Meine Mutter empfing die Beiden am nächsten Morgen bei der Ankunft am Bahnhof und fuhr mit ihnen weiter auf eine Nordseeinsel.

Zur heutigen Zeit würden es Eltern nicht wagen, ihre Kinder allein los zu schicken. Aber schon damals hätten sich Viele nicht getraut, etwas Derartiges zu organisieren.

Der jüngere Sohn war neun Jahre alt, als meine Mutter ihn mit ans Schwarze Meer nahm. Er war schon recht schlagfertig, denn als er im Hotel-Speisesaal seinen Teller ableckte, hatte er etwas im Sinn. Natürlich fand meine Mutter sein Benehmen unpassend. Auf ihre Zurechtweisung entgegnete er: Schau mal, was auf dem Schild an der Eingangstür steht.

Als meine Mutter nachsah, fand sie den Hinweis: "Fühlen Sie sich hier wie zu Hause". Nicht, dass der Junge nicht gewusst hätte, wie man sich zu benehmen hat. Er hat nur seine Grossmutter auf den Arm nehmen wollen.

Ein Jahr später fuhr er allein mit dem Zug nach Norddeutschland.

Vor seiner Rückreise stellte meine Mutter fest, dass dieser Zug nicht mehr in unserer Stadt hält, wo ich den Sohn vom Bahnhof abholen wollte.

Sie informierte mich und ich entschloss mich, zum Hauptbahnhof nach Zürich zu fahren. Es war naheliegend, dass er durchfahren würde und ich ihn dort in Empfang nehmen kann.

Bei meiner Ankunft war der Zug schon Richtung Sargans weitergefahren und ich hoffte, dass mein Sohn in Zürich ausgestiegen ist und auf dem Bahnsteig wartet. Da er nicht in Sicht war, meldete ich den Vorfall der Bahnpolizei. Diese benachrichte ihre Kollegen in Sargans. Aber auch dort tauchte der Junge nicht auf und ich fuhr mit ungutem Gefühl zurück nach Hause. Dort sass er vor der Tür und sagte vorwurfsvoll: Mann, wo bleibst du denn; ich bin in Basel umgestiegen und dann von unserem Bahnhof den ganzen Weg nach Hause gelaufen. Und übrigens: Mein Koffer steht noch auf dem Bahnsteig. Mir fiel ein Stein vom Herzen.

Auch sein grosser Bruder ging im Alter von 14 Jahren allein mit seinem Moped auf Reisen. Zuerst nach Norddeutschland zu seinen Grosseltern und später eimal zusammen mit einem Freund nach Spanien. Eine lange Zeit verstrich während dieser Reise ohne Nachricht von ihnen, aber wir dachten: Keine Nachricht, gute Nachricht.

Die Mutter seines Freundes war allerdings sehr besorgt. Als ich sie beruhigen wollte, sagte sie: Sie haben gut reden, denn sie haben zwei Söhne, aber ich nur einen.

Man kann sich seinen Teil zu dieser Einstellung denken.

Rutschpartie

Mitte der 60er Jahre fuhren wir im Sommer zusammen mit der Familie meines Bruders öfter in die Berge nahe Einsiedeln zum Picknicken. Unsere vier kleinen Kinder konnten unbeschwert herumtollen, während wir Erwachsenen uns um das leibliche Wohl kümmerten.

Auf einem dieser Ausflüge parkten wir die Autos zwischen zwei Waldstücken in der Nähe eines Troges, in den aus einer Röhre Wasser tröpfelte. Oberhalb des Weges befand sich eine steile Wiese.

Auf der Schattenseite lag noch tiefer Schnee, welcher meinen Bruder und mich auf eine Idee brachte: Wir liefen auf der Wiese gut hundert Meter bergauf und wetteten darum, wer am weitesten barfuss bergab durch den Schnee rennen kann.

Wir rannten also los, jedoch nach einiger Zeit wurde es meinem Bruder zu kalt an den Füssen. Er sprang mit einem Satz seitlich auf die nasse Wiese, rutschte aus und schlitterte auf dem matschigen Grund talwärts. Es sah äusserst lustig aus und ich machte es ihm nach. In der Zwischenzeit wurden die Kinder aufmeksam auf unser Tun, durften jedoch nicht mitmachen.

Wir wiederholten mehrmals die Rutschpartie, mal auf dem Rücken, mal auf dem Bauch liegend unter dem Jubel der Kinder.

Am Ende waren mein Bruder (rechts auf dem Foto) und ich von oben bis unten mit Matsch bedeckt und mussten uns mühselig mit eiskaltem Wasser am Trog säubern. Erst später ist uns bewusst geworden, was hätte passieren können, hätten spitze Steine im Gras gelegen.

Erkenntnisse

Der Techniker ist das Kamel, auf dem der Kaufmann durch die Wüste reitet. Diese Erfahrung musste ich einst mit zwei meiner Erfindungen machen.

In den sechziger Jahren fragte mich ein Bekannter, der wusste, dass ich auch tapezieren und flachmalen kann, ob ich im Souterrain seines Geschäftsgebäudes einige Räume streichen könnte. Es war dringend, ein Malergeschäft war nicht verfügbar.

Zu jener Zeit war ich froh, mir nebenbei etwas dazu verdienen zu können. Um speditiv arbeiten zu können, baute ich aus Plastikteilen einen Farbroller. Im Behälter war Platz für einen Liter Farbe. Mit der oberen Rolle konnte ich, ohne abzusetzen, an den Wänden und Decken Farbe auftragen. Für die ganzen Kellerräume brauchte ich nur eine Nacht.

Zu dieser Zeit waren Farbroller noch unbekannt. So kam ich auf die Idee, mir auf diesen Roller in der Schweiz ein Patent erteilen zu lassen. Ich besorgte mir ein Muster eines Patentes und es gelang mir, ohne Hilfe eines Anwaltes, ein Gesuch beim Patentamt einzureichen. Nach einigen formellen Änderungen wurde mir ein Patent auf den Roller erteilt.

Patente werden in Fachzeitschriften publiziert und es dauerte nicht lange, bis sich eine Kunststoff verarbeitende Fabrik bei mir meldete. Wäre ich Kaufmann gewesen statt Techniker, hätte sich aus dieser Angelegenheit sicher ein gutes Geschäft entwickelt. So sah ich nur Schwierigkeiten mit meiner bestehenden Arbeitsstelle, mit Auszeit und Finanzen. Es verging nur ein Jahr, bis dann eine holländische Firma Farbroller nach meiner Idee auf den Markt brachte.

Das zweite Patent erhielt ich auf eine Hochdruck-Sprühvorrichtung, welche ich später für mein Geschäft entwickelte. An diesem Patent hatte ich kein finanzielles Interesse. Es sollte nur verhindern, dass eventuelle Konkurrenten Kopien anfertigen. Dieses Bauteil wurde vom Eidgenössischen Starkstrominspektorat für unsere Verwendung genehmigt und ist seit über vierzig Jahren unverändert im Einsatz.

Das dritte Patent ergab sich rein zufällig aus einer Beobachtung beim Golf spielen. Golfer schoben auf unserem Platz mit einer Hand ihren Buggy und hielten in der anderen Hand ein Getränkedose. Beim Spielen stellten sie die offene Dose auf den Boden. Speziell bei Softdrinks hätten Wespen oder andere Insekten in die Dose gelangen können , welche beim Verschlucken ernsthafte Probleme verursachen würden. Eine kleine Abänderung der Öffnungslasche würde zum gewünschten Ergebnis führen. Die Lasche wäre in diesem Fall zum Öffnen und Abdecken der Trinköffnung gedacht.

Mit dieser Lösung erhoffte ich, bei den Dosenherstellern eine finanzielle Vergütung für mich aushandeln zu können. Dabei dachte ich an den Erfinder der Kunststoffdichtung für Coca-Cola-Flaschen. Ich erinnere mich, dass früher die Dichtungen aus Kork bestanden und beim Öffnen je zur Hälfte an der Flaschenöffnung und am Deckel kleben blieben. Die Idee einer neuen Dichtung brachte dem Erfinder eine Menge Geld ein.

So trat ich nach der Patenterteilung mit dem grössten Dosenhersteller in Deutschland in

Kontakt. Dieser hatte aber eher an einen druckdichten Verschluss gedacht und somit an meiner Erfindung kein Interesse.

In Australien und Neuseeland bekam ich auf meine Anfrage bei entsprechenden Firmen keine Antwort.

Bei Coca-Cola in Atlanta, USA, wurde ich darauf hingewiesen, dass sie nur mit ihren bereits bestehenden Geschäftspartnern zusammen arbeiten. Also auch hier kein Erfolg.

Diesmal hatte ich wirklich Hoffnung, mit meiner Idee in eine Marktlücke zu stossen, aber: Ausser Spesen nichts gewesen.

Mit grosser Wahrscheinlichkeit wird auch diese Idee irgendwann von Anderen aufgegriffen.

Rennfahrer

Mein älterer Sohn war schon als Kind technisch begabt und in Autos vernarrt. Das Foto zeigt ihn als zweijährigen Knirps in einem fünfziger Ford Taunus Kabriolett. In diesem Alter mussten manchmal seine Aktivitäten gebremst werden, wenn er sich allein auf dem Spielplatz aufhielt. Um ihn vom Ausgraben der Blumen in Nachbars Garten abzuhalten, wurde er an einer langen Leine angebunden.

Mit 5 Jahren fuhr er bereits ein normales Damenfahrrad, allerdings mit tiefer gesetztem Sattel. In unserer hügeligen Umgebung fanden regelmässig Seifenkisten-Rennen statt. So baute ich mit Hilfe meines Bruders ein richtiges Rennauto. Bereits das erste Rennen, absolviert im Alter von sieben Jahren, wurde gewonnen; der Preis war ein Gutschein für einen Rundflug. Beim zweiten Rennen war es anspruchsvoller. Die Stecke konnte am Vortag ausprobiert werden, Start und Ziel waren bekannt. So schoben wir den Wagen vom Ziel die Strecke nach oben bis zu einem Punkt, ab dem sich mein Sohn traute, ohne abzubremsen, hinunter zum Ziel zu fahren. Dies klappte gut und wir starteten immer weiter von oben, bis vom Start zum Ziel die Strecke ohne Bremse bewältigt wurde. Ich vergewisserte mich natürlich jeweils, ob das Risiko nicht zu gross war. Die Strecke war kurvenreich; beim Rennen am nächsten Tag gab es viele Teilnehmer und es passierten einige Unfälle. Unser Einsatz hatte sich gelohnt: Das Rennen wurde gewonnen. Als Vaterpreis erhielt ich eine Flasche Kirsch-Schnaps.

Als er für das Auto zu gross wurde, versuchte es sein jüngerer Bruder, welcher jedoch nicht die gleiche Begeisterung wie sein Bruder für Seifenkistenrennen aufbrachte. Man sieht die Zwei auf dem Foto an der Startrampe. Kurz nach dem

Start fuhr der Kleine in einen Strohballen und schlug sich am Lenkrad einen Zahn aus. Das war das Ende der Seifenkisten-Rennzeit.

Radmeister

Unser zweiter Sohn wuchs unter Mädchen auf. Er hatte dichte blonde Haare, welche ich ihm hin und wieder mit der Schere trimmte. Doch nur bis zum Schuleintritt, ab dem er dann auf einem schönen Haarschnitt bestand, da man ihn oft für ein Mädchen hielt. Im Alter von fünf Jahren bekam er sein erstes Fahrrad mit Stützräder. Heute lernen die kleinsten Kinder bereits auf dem Laufrad ohne Pedalen das Gleichgewicht halten. Auf dem Fahrrad mit Stützrädern machte der Kleine keine gute Figur. Ohne ihn vorher einzuweihen, hatten wir eine Idee, wie wir den Lernfortschritt beschleunigen könnten.

Der ältere Sohn stellte sich für eine Probefahrt des Bruders in einiger Entfernung gegenüber von mir auf und ich setzte den Kleinen aufs Fahrrad mit abmontierten Stützrädern. Dann gab ich dem Fahrrad einen Stoss und rief: Treten und Balance halten. Mit grossem Geschrei pedalte er in Richtung seines Bruders, welcher ihn auffing, mitsamt Fahrrad umdrehte und wieder in meine Richtung schickte. Diese Prozedur wurde einige Male wiederholt, bis wir mit dem Ergebnis zufrieden waren und auch das Geschrei ein Ende hatte. Anschliessend konnte die ganze Familie sich endlich auf gemeinsame Fahradtouren begeben.

Passverlängerung

Die ersten Jahre nach dem Umzug von Deutschland in die Schweiz war man hier ein sogenannter "Fremdarbeiter" mit Status "A". Die Steuern wurden direkt vom Gehalt abgezogen, der Umzug in einen anderen Kanton war nicht gestattet. Mit der Niederlassung erhielt man später den Status "C". Für die Verlängerung des deutschen Reisepasses musste man persönlich auf der deutschen Botschaft erscheinen, wo man in der Regel sehr unfreundlich bedient wurde.

Ein guter Freund von mir, ein Österreicher, arbeitete eine Zeit lang in London. Er hatte vor, mit seiner Feundin in seinem Auto in die

Schweiz, dann über Österreich wieder nach London zu fahren und lud mich ein, ihn zu begleiten.

Die Gültigkeit meines Passes musste im Hinblick auf die Reise unbedingt verlängert werden. So fuhr ich anfangs 1971 an einem späten Nachmittag zur deutschen Botschaft, welche sich inzwischen in Basel befand. Der Beamte dort erklärte mir eine viertel Stunde lang, dass er jetzt nicht die Verlängerung bestätigen könnte. Auf meinen Vorhalt, dass er dies in dieser Zeit hätte machen können, kam er mit einem ungewöhnlichen Vorschlag. Ich solle doch auf meiner Rückfahrt beim Landratsamt Säckingen die Verlängerung abstempeln lassen.

So blieb mir nichts anderes übrig, als dorthin zu fahren. Als ich beim Landratsamt ankam, war der Parkplatz schon verwaist. Auch kein Mensch war zu sehen. Ich parkte mein Auto vor der Eingangstür, stieg aus und wusste nicht recht, was ich machen sollte. Plötzlich öffnete sich neben der Eingangstür ein weiss getünchtes Fenster, ein Mann schaute heraus und fragte mich, was ich hier suche.

Nachdem ich ihm von meinem erfolglosen Bemühen in der Botschaft berichtet hatte, sagte er nur: "Dann reichen Sie mal Ihren Pass durchs Fenster rein". Nach kurzer Zeit kam er mit dem abgestempelten Pass zurück und wünschte mir gute Fahrt. Ich war erleichtert, dass meine Bemühungen schlussendlich erfolgreich waren.

In all den vergangenen Jahren habe ich niemals einen Auslandsdeutschen getroffen, dessen Pass auf einem Landratsamt verlängert wurde.

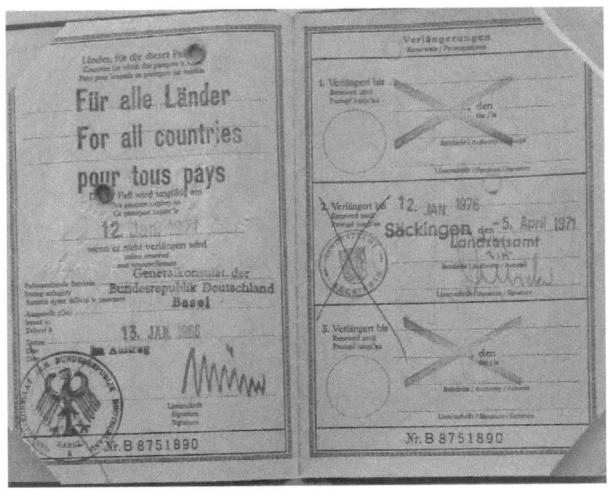

Als ich um die Schweizer Staatsbürgerschaft nachsuchte und diese problemlos erhielt, fiel es mir im Hinblick auf meine Erfahrungen mit deutschen Behörden leicht, auf den Beibehalt der deutschen Staatsbürgerschaft zu verzichten.

Plantage

Manche Familien haben das Glück, in einem eigenen Haus zu wohnen. Die Kinder können im Garten herumtollen und man hat sicher auch einen schönen Gartensitzplatz.

Wer das Eigenkapital für die Anzahlung eines Hauses nicht aufbringen kann, muss mit einer Mietwohnung vorliebnehmen. Dies war unsere Situation, als im Jahr 1970 ein Verkaufsinserat über ein Stück Wiesenland in der Zeitung erschien. Diese zukünftige Plantage war herrlich gelegen zwischen einem Feldweg und dem Waldesrand. Ausserdem nicht weit entfernt von unserem und dem nächsten Dorf.

Es hatten sich wohl einige Leute dafür interessiert, aber nachdem ich dem Verkäufer von unseren zwei kleinen Jungs und meinen Plänen erzählt hatte, stand der Übernahme nichts mehr im Weg. Zuerst wurde ein Zaun um das Grundstück gebaut, dann wurde überlegt, wie man eine Wasserleitung dorthin verlegen könnte. Zum Glück baute der Sohn des Verkäufers an der Dorfgrenze, nur 250 Meter entfernt, ein neues Haus. Er erlaubte mir, in seiner Garage einen Wasserzähler zu installieren.

Jetzt ging es darum herauszufinden, wem das Land gehört, durch welches die Leitung führen sollte. Es stellte sich heraus, dass es vier verschiedene Besitzer gab, zudem alle untereinander verfeindet. Diese Leute wären sich nie einig geworden, aber mir, dazu noch Ausländer, gelang es, ihre Zustimmung zum Verlegen zu erhalten.

Ein Traktor wurde organisiert und damit das Kunststoffrohr in einer Tiefe von einem halben Meter in den Boden gezogen . Ein aufwendiges Unternehmen; ich erspare technische Details. Das Wasser auf dem Grundstück konnte angenehm zum Duschen und natürlich vor allem zum Bewässern der neu gepflanzten Obstbäume genutzt werden.

Der Kaufpreis wurde in Raten entrichtet und durch meinen Einsatz bei einem von mir realisierten Projekt erheblich reduziert. Der Verkäufer fertigte in seiner Freizeit Holzleitern an und wollte sich das Entrinden der Holzstämme erleichtern. Er fragte mich, ob ich für ihn eine Rindenschälmaschine bauen könnte.

Für mich war dies nach einigen Überlegungen kein grosses Problem.

Nach Begutachtung und Aktzeptanz meiner Entwicklunsarbeiten wurden die technischen Teile besorgt und von mir zusammengebaut. In den Pausen wurde vom Verkäufer selbst produzierter Rotwein konsumiert, an welchen ich heute noch eine saure Erinnerung habe.

Mit dem Bauamt unserer Gemeinde lag ich jahrelang im Streit. Für die Jungs baute ich auf der Plantage eine kleine Hütte, was jedoch gegen die Bauordnung verstiess. Diese Hütte bezeichnete ich als Geräteschuppen und dieser stand noch, als ich die Plantage nach Jahren verkaufte.

Der Ortspolizist wollte mir die Zufahrt zu diesem Platz mit

meinem Privatauto verwehren, da auf den Feldwegen nur landwirtschaftlicher Verkehr gestattet war. Meine Ausrede war, dass ich Material transportieren müsste und mir dafür keinen Traktor kaufen würde.

Alles in allem hatten wir eine gute Zeit. Zwar war viel Arbeit damit verbunden, jedoch konnten sich die Jungs austoben, Obst wurde geerntet und wir konnten dort, auch manchmal mit Freunden, eine schöne Zeit verbringen.

Kirschendiebe

Im Fricktal blühten die Kirschbäume. Der entfernt wohnende private Besitzer versuchte jedes Jahr, die reifen Früchte der Bäume zu verkaufen. So sicherten wir uns wie auch schon im vergangenen Jahr einen Baum und fuhren mit dem Auto an einem Sonntag zur Erntezeit dorthin. Mit unseren zwei kleinen Jungs, Behältnissen für die Kirschen und natürlich einem gefüllten Picknickkorb. Auch mein Bruder mit Familie wollte sich an der Ernte beteiligen.

Wir fanden die Baumreihe wieder, diesmal war ein Zettel am ersten Baum angebracht mit dem Hinweis: Achtung gespritzt. So entschlossen wir uns, den zweiten Baum abzuernten. Zu diesem Zweck stiegen mein Bruder und ich an diesem Sommertag in Badehosen mit dem nötigen Geschirr in die Baumkrone. Kaum hatten wir mit dem Pflücken begonnen, sahen wir einen Mann weit entfernt über die Felder in unsere Richtung rennen. Es sah irgendwie komisch aus und wir lachten darüber, während wir einige Kirschen assen. Zum Schluss war der Mann bei uns angelangt und rief: Habe ich euch diesmal erwischt, ihr Kirschendiebe.

Wir machten uns über ihn lustig und riefen zurück: Wir haben diese Kirschen gekauft und können es beweisen. Der Mann zeterte weiter und um ihn zu beruhigen sagten wir: Um ein paar Kirschen zu stehlen, fahren wir doch nicht den weiten Weg bis hierher. Seine Antwort daraufhin: Den Täter zieht es immer zum Tatort zurück.

In der Zwischenzeit war auch der Sohn des Mannes eingetroffen und mischte sich in den Disput ein. Zum Schluss traf auch noch der Knecht des Bauern ein und die Situation schien für uns brenzlig zu werden. Der Knecht jedoch versuchte zu vermitteln und der Bauer schlug schlussendlich vor, nach einer Zahlung von 100 Franken die Sache auf sich beruhen zu lassen. Ich fand diese Summe viel zu hoch, mein Bruder hatte allerdings gerade seine Einbürgerung beantragt und wollte keine Schwierigkeiten riskieren. Nach Zahlung des Geldes wurde der Mann richtig freundlich und schüttelte uns zum Abschied die Hand.

Nach diesem Vorfall fanden wir heraus, dass sich hinter einer nahen, grossen Scheune weitere Kirschbäume befanden, wohl die für uns bestimmten. Um den finanziellen Schaden zu reduzieren, füllten wir alle verfügbaren Behältnisse mit Kirschen von diesen Bäumen und verkauften sie an Freunde und Kollegen. Die Freude bei denen war jedoch nicht gross, denn in jeder Frucht befand sich ein Wurm.

Geschäftsleben

Nach je 3-jähriger Tätigkeit in zwei Maschinenfabriken in Norddeutschland und 14 Jahren in einem Grossbetrieb in der Schweiz wurde ein Wechsel meiner Berufslaufbahn nötig. Nach Jahren war ich in gehobener Stellung tätig, mit gutem Einkommen, jedoch nicht mehr in meinem Fachgebiet, der technischen Entwicklung. Dazu kam es Mitte der siebziger Jahre zu einer kleinen Rezession in der Wirtschaft.

Die Zukunftsaussichten sahen für mich nicht sehr rosig aus. Wie ich voraussah, gab es in den folgenden Jahren einen massiven Stellenabbau in der Firma. Eine Dienstreise in Deutschland brachte für mich die Wende. Nach Ende der Besprechungen am letzten Tag fuhr ich nicht sofort zurück in die Schweiz, sondern stattete meiner Mutter weiter nördlich einen Besuch ab. Dort traf ich zufällig einen Unternehmer, welcher mich auf die Idee meiner zukünftigen Tätigkeit in der Schweiz brachte.

So kündigte ich Ende der 70er Jahre meine komfortable Anstellung und sprang sozusagen unvorbereitet ins kalte Wasser. Es dauerte einige Jahre, bis ich sicher war, mit meiner selbständigen Tätigkeit den Lebensunterhalt bestreiten zu können.

Die Einführung meines Geschäftsmodells "Reinigung von elektrischen Anlagen unter Spannung" benötigte einige Zeit, bis Betriebe auf meine Dienste zurückgriffen. Bis Mitte der 80er Jahre erfolgte der Verkauf von selbst entwickelten Reinigungsanlagen und Chemikalien an Grossbetriebe und Elektrizitätswerke. Nach dem Abbau der Serviceabteilungen in diesen Betrieben wurde später die Ausführung von Reinigungsarbeiten von meiner Firma erledigt.

Mein älterer Sohn unterstützte mich nach Beendigung seiner Mechanikerlehre, gründete bald darauf seinen eigenen Servicebetrieb auf meiner Geschäftsbasis, wanderte aber 1991 nach Australien aus. Mein jüngerer Sohn brach aus diesem Grund sein Forensik-Studium ab, übernahm sofort den Betrieb seines Bruders und 1993 auch mein Geschäft. Dies erlaubte meiner Frau, welche sich um die Buchhaltung des Betriebes kümmerte und mir auch die Übersiedelung nach Australien.

Ein erfolgreicher Geschäftsbetrieb über mehr als 40 Jahre wird in der zweiten Generation weitergeführt.

Hochdruck

Die Reinigung von elektrischen Anlagen unter Spannung erfolgt mittels Hochdruck-Sprühgeräten unter Verwendung spezieller chemischer Flüssigkeit. Dies war mein Geschäftsmodell für die Schweiz. Allerdings war kein geeignetes Zubehör zu handelsüblichen Sprühgeräten erhältlich. So entwickelte ich die notwendigen Teile, welche den Anforderungen des Eidgenössischen Starkstrominspektorats genügen mussten und liess meine Erfindung patentieren.

Da ich keine hohen Stückzahlen erwartete, stellte ich diese Teile aus Kostengründen in verschiedenen mir bekannten Werkstätten selbst her. Erst Jahre später hatte ich Lieferanten, welche alle benötigten Teile nach meinen Zeichnungen anfertigten.

Eine sehr hohe Anforderung wurde an die Funktion der Sprühdüsen gestellt. Jede Einzelne wurde von mir unter Hochdruck getestet. Zu diesem Zweck wurde eine Sprühpistole in einen Schraubstock gespannt, mit der rechten Hand eine fertiggestellte Düse in die Halterung eingeschraubt und mit der linken Hand der Abzug betätigt. Somit konnte der Sprühstrahl begutachtet werden.

Mein Vorgehen entsprach sicher nicht den Sicherheitsvorschriften, aber man macht sich auch keine grosse Gedanken darüber. Leider koordinierte ich einmal beide

Hände nicht richtig. Nach dem Einschrauben einer neuen Düse zum Test, betätigte ich zu früh den Abzug; der Sprühstahl schoss in meine rechte Handfläche. Die chemische Flüssigkeit wirkte unter anderem Fett auflösend und der Unfall hätte sofort chirurgische Hilfe benötigt.

Da dies an einem frühen Abend passierte, wartete ich ab bis zum nächsten Morgen. Die ganze Nacht lag ich vor Schmerzen wach; erst am nächsten Morgen wies mich mein Hausarzt ins Spital ein. Zum Glück befand sich dort ein kompetenter Unfallarzt, welcher mich operierte. Die Narkose erlöste mich von den Schmerzen.

Noch eine Woche nach der Operation hatte ich eine höhere Temperatur, sodass mich der Chirurg ein zweites Mal unter das Messer nahm. Meine Hand war massiv geschwollen und zwischen jedem Finger ragte ein Schlauch heraus. Fünf Wochen musste ich im Spital bleiben und konnte mich wegen der vielen Medikamente selbst kaum noch riechen.

Derselbe Arzt betreute mich noch weitere vier Monate, in denen ich einen Streckverband tragen musste. Die nötigen Übungen zum Erlangen der Beweglichkeit waren recht schmerzhaft, halfen aber schlussendlich zur vollständigen Genesung. Als ich mich nach zehn Jahren nochmals bei dem Arzt für seine kompetente Behandlund bedankte und eine gute Flasche Rotwein überreichte, sagte er nur: "Ich bin der Flickschuster und benötige auch die Mithilfe des Patienten".

Wegen dieser kleinen Unachtsamkeit hätte ich fast meine Hand verloren, aber alles ist zum Schluss glücklich verlaufen. Meinen Betrieb konnte ich trotz des Unfalls weiter betreiben. Heute erinnert mich eine Narbe an mein Missgeschick.

Amigo

Als Arbeitnehmer mit geregelter Arbeitszeit hatte man genug Zeit für die Familie. Der jüngere Sohn war zehn Jahre alt, als wir zusammen ein Amigo-Modell-Segelflugzeug bauten. Mit Verbrennungsmotor und Fernsteuerung.

Nach dessen Fertigstellung suchten wir einen geeigneten Startplatz und fanden diesen ausserhalb eines Nachbardorfes.

Der Motor beförderte das Flugzeug in eine gewünschte Höhe, wo dieses dann in den Segelflug überging. Der Start des Motors war jeweils mit grossen Mühen verbunden. Aber einige Male gelang uns ein gutes Flugmanöver.

Mein jüngerer Sohn (Mitte) mit seiner Omi

Einmal landete das Flugzeug in einem nahe gelegenem Maisfeld und geriet daraufhin ausser Sicht. Die einzige Möglichkeit es zu orten, war ein Blick von oben auf das Feld. Da sich in der Nähe kein Aussichtspunkt befand, mussten wir uns etwas einfallen lassen, denn wir wollten das Flugzeug wiederfinden.

Niemand war in unserer Nähe, so konnten wir etwas gesetzwidrig handeln. Mein Sohn setzte sich in den grossen Mercedes, welcher ein automatisches Getriebe hatte. Dann wurde der Motor angelassen und auf Standgas gestellt. Das Bremspedal konnte der Kleine zum Glück mit ausgestrecktem Bein erreichen. Ich stellte mich auf das Dach und wir fuhren langsam entlang des Maisfeldes. Schon nach kurzer Zeit sah ich den roten Flügel oben herausragen. Der Motor wurde abgestellt, ich sprang vom Wagen und konnte das Flugzeug bergen.

Die Freude über das Wiederfinden dauerte nicht lange. Beim nächsten Flug kam ein heftiger Wind auf und trug das Flugzeug davon in Richtung hoher Bäume. Dort blieb es weit oben in den Ästen hängen.

Wir besorgten uns am nächsten Tag eine lange Leiter, aber als wir beim Baum ankamen, war das Flugzeug verschwunden. Der "Diebstahl" wurde meiner Versicherung gemeldet, aber von dieser nicht als Schaden akzeptiert.

Dies war das Ende unsererer Modellfliegerei.

Gewusst wie

Schon vor dem Eintrag meines neuen Unternehmens ins Handelsregister nahm ich Kontakt auf mit allen infrage kommenden Betrieben, welche an der Reinigung von elektrischen Schaltanlagen interessiert sein könnten. In der Zwischenzeit entwickelte ich die dafür notwendigen Hochdruck-Reinigungsanlagen. Hersteller von entsprechenden Reinigungsmitteln kannte ich bereits.

Ein wichtiger Schritt war die Genehmigung vom Eidgenössischen Starkstrominspektorat für mein bis dahin unbekanntes Reinigungs-Verfahren. Es dauerte einige Zeit, bis ich mit zukünftigen Kunden ins Geschäft kam. Deshalb arbeitete ich nebenbei für ein Ingenieurbüro an technischen Neuentwicklungen.

Ein aussergewöhnlicher Auftrag von einer Grossfirma war die Planung von Reinräumen, an der ich allerdings nicht beteiligt war. In diesem Zusammenhang sollten für die neuen Büros eine grosse Anzahl von Möbel aufgearbeitet werden. Ich übernahm diesen Auftrag und machte mich an die Arbeit.

Genau zu diesem Zeitpunkt fragte mich ein junger Kurde, welcher allerdings keine Arbeitsbewilligung hatte, ob ich ihn beschäftigen könnte. Das passte gut in meine Planung, denn er war für die Möbel-Aufarbeitung gut zu gebrauchen. Leider stand nach kurzer Zeit der Dorfpolizist vor der Tür:

Ein neidischer Nachbar hatte mich angezeigt. Eine Busse in Höhe von zwei mal 150 Franken wurde verhängt, welche ich mit Münzen bezahlte, die ich in einem grossen Glas gesammel hatte und dem Polizisten auf den Schreibtisch kippte.

Dem Kurden wurde der Pass abgenommen. Dies hätte von Amts wegen noch ein Nachspiel geben können, deshalb überlegten wir, mit welcher Massnahme man den Pass zurück bekommen könnte.

Am nächsten Tag ging ich deshalb zum Polizisten und sagte ihm, dass ich mit dem Kurden beim Ausländeramt vorsprechen müsste und dazu den Pass bräuchte. Er wurde mir ausgehändigt, aber später nicht mehr zurück gegeben, da ich vorgab, der Kurde wäre mir auf dem Weg zum Amt mitsamt des Passes entwischt. Was natürlich nicht stimmte, denn ich verlagerte die Möbel-Restaurierung an einen anderen Ort, wo wir dann die Arbeit zu Ende brachten.

Gerechter Ausgleich

Für einige Jahre lebte ich zusammen mit meinen beiden Söhnen in einem von der Gemeinde gemieteten alten Zweifamilienhaus. Nach Kündigung meiner sehr gut bezahlten Stelle in einem Grossbetrieb und dem Start meines eigenen Unternehmens nahm ich Kontakt mit der Steuerbehörde auf zwecks Neuregelung meiner Einkommenssteuer.

In Anbetracht einer Durststrecke bis zum Erreichen eines zufriedenstellenden Einkommens wurde mir eine Neueinschätzung der bisherigen Einkommenssteuer in Aussicht gestellt.

Das Haus war in einem desolaten Zustand, daher auch der sehr niedrige Mietzins. Die Badewanne mit Gasdurchlauferhitzer für Warmwasser befand sich im Keller. Die unansehnliche Wanne stand auf Sandboden und konnte nur im Stehen benutzt werden Im Haus gab es nur einen Gasheizofen im Parterre.

Wenn die Jungs oben in ihren Zimmern die Ölradiatoren anstellten, flog die Sicherung raus. Nebenan im Haus, auch von der Gemeinde gemietet, wohnten sehr liebe Italiener, welche uns mit Wein und Käse versorgten. Sie hielten Hühner im Garten und produzierten Unmengen von Tomatenpüree. Was von ihrem Spaghetti-Essen übrig blieb, flog vom Küchenfenster aus zu den Hühnern, wobei Einiges davon immer am Zaun hingen blieb.

In unserem gekachelten Nebenkeller befand sich ein ehemaliger Waschsalon. Kurz nach unserem Einzug stand ein junger Schwede mit einem grossen Sack voll schmutziger Wäsche vor unserer Tür. Ich erklärte mich bereit, wie schon die Vormieter, für die Kundschaft zu waschen, machte aber klar, dass ich vorher nichts sortiere. Nachher kam alles in den Tumbler zum Trocknen und alles wurde wieder unsortiert in den Sack gestopft: Leicht verdiente fünfzig Franken und der Schwede war zufrieden.

Im Garten wuchsen im Sommer unzählige Rettiche, für welche ich keine Verwendung hatte. Diese bot ich einer Kantine an, sie sollten bei der Abgabe jedoch sauber sein. Um mir die Arbeit zu erleichtern, benutzte ich für die Reinigung die Waschmaschinen im Salon. Danach gaben zwei davon ihren Geist auf; das war das Ende des Waschsalons.

Als ich die neue Steuerrechnung erhielt, war von einer Neueinschätzung nicht mehr die Rede. Trotz geringem Einkommen sollte ich weiterhin den früheren hohen Betrag zahlen.

In der Zwischenzeit wurde die Situation mit der Heizung unzumutbar. Da sah ich zufällig an einem Elektrokabel in unserem

Zählerkasten einen Zettel mit der Aufschrift: Achtung: Fremdspannung! So schloss ich dort eine Steckdose für die Ölradiatoren an und betrachtete den Gratis-Stromverbrauch als gerechten Ausgleich zu meiner hohen Steuerrechnung. Meine Jungs sagten mir später, vielleicht auch mit einem Augenzwinkern: Die Zeit in diesem Haus war die Beste während ihres damaligen Lebens.

Tunnelblick

Ein Jugendfreund aus Deutschland besuchte mich Ende der sechziger Jahre in der Schweiz zum Wandern. Die Bahn brachte uns vom Aargau bis nach Linthal, Kanton Glarus, wo es uns allerdings nach einem Tag Aufenthalt zu abgelegen war.

So fuhren wir weiter an den Walensee nach Unterterzen und fanden dort eine passende Unterkunft. Am anderen Tag ging es mit der Seilbahn über Oberterzen nach Tannenboden. Von dort zu Fuss in die Flumserberge.

Das Foto zeigt meinen Freund rechts neben mir. Wir wanderten dort oben anfangs Oktober ohne eine andere Menschenseele zu treffen.

Am anderen Tag, einem Samstag, wanderten wir fünf Kilometer nach Walenstadt zum Frühstück. Dort las mein Freund in der Zeitung einen Artikel über ein Bergrennen an diesem Tag am Kerenzerberg. Er hatte sich bis dahin nicht für Autorennen interessiert, aber er wollte es unbedingt sehen. So liefen wir die 20 Kilometer nach Weesen am Anfang des Walensees.

Wir kamen natürlich zu spät, das Rennen war schon beendet. Mein Freund wollte nicht über die Hügel zurück nach Unterterzen laufen, so standen wir plötzlich bei Weesen vor dem alten Strassentunnel Richtung Murg/Walenstadt. Kein Hinweis über die Länge des Tunnels und drinnen auf einer Seite nur ein sehr schmaler Gehweg. Es blieb uns nichts anderes übrig, als uns zu überwinden und los zu marschieren. Es war finster und hin und wieder passierten uns Autos. Nach 29 Jahren Aufenthalt in der Schweiz habe ich persönlich niemals eine Privatperson getroffen, welche durch die sechs Tunnels mit total 1564 Metern gelaufen ist.

In Murg kehrten wir in ein Restaurant ein und berichteten am runden Tisch von unserem Abenteuer. Es wurde ein sehr langer Abend mit einigem Alkohol-Konsum. Als wir die Flasche Appenzeller erwähnten, welche sich in unserer Unterkunft befand, wollte uns jemand von der Tisch-runde auf dem Rückweg begleiten.

Draussen war es stockdunkel und das Gehen auf der Hauptstrasse schien gefährlich. So liefen wir auf den Eisenbahnschwellen. Wir ver-kürzten uns die 10 km bis zur Unterkunft mit Gesang. Unterwegs verloren wir den dritten Mann aus den Augen. Auf der Heimfahrt mit der Bahn am nächsten Morgen schauten wir besorgt aus den Zugfenstern rechts und links. Da wir niemand neben den Gleisen liegen sahen, schlossen wir daraus, dass der dritte Mann inzwischen seinen Heimweg wohl gefunden haben musste.

Neue Liebe

Nach der Trennung von meiner ersten Frau wohnte ich zusammen mit meinen beiden Jungs in einem von der Gemeinde gemieteten alten 2-Familienhaus. Die Jungs in der oberen Wohnung und ich in der Unteren. So hatte ich eine "sturmfreie" Bude.

Der Umzug in dieses Haus fiel mit dem Beginn meiner selbständigen Berufstätgkeit zusammen. Da es am Anfang lange dauerte, ein geregeltes Einkommen zu erzielen, arbeitete ich nebenbei für ein Ingenieurbüro in Zürich. Der Chef dort, ein Freund von mir, kümmerte sich um Aufträge, deren Bearbeitung und Erledigung. Für die Technik war ich zuständig.

Meine anspruchsvollste Konstruktion war ein grosser Schweissautomat für Büro-Blechschubladen. In fünfundzwanzig Sekunden wurden diese aus fünf Einzelteilen automatisch zusammen schweissgepunktet. Der Automat arbeitet nun seit 40 Jahren ohne Unterbrechung.

Es war eine hochinteressante Zeit mit gutem Einkommen. Ich hätte dort Vollzeit arbeiten können, aber ich wollte mein eigenes Unternehmen aufbauen.

Ich kümmerte mich um die Jungs, war aber auch öfter im Ausgang. Zur Fastnachtszeit 1980 sass ich mit Freunden in einer vollbesetzten Bar und wurde von einem Bekannten zu sich gewunken. Er stellte mich seiner attraktiven jungen Begleiterin vor.

Während des Gesprächs gab ich ein paar dumme Sprüche zum Besten, welche ich vor langer Zeit in einer deutschen Zeitung gelesen hatte. Diese Sprüche waren nicht sehr Ladylike und handelten von der deutschen Mentalität. Die Verse wurden auf der Innenwand einer Toilette entdeckt und hatten verschiedene Urheber:

1. Spruch: Ein Bayer und ein Schwab, die schi.. in ein Grab und aus der Sch.. entstand der Preusse.
2. Spruch: Wer dies da geschrieben hat, das war bestimmt ein Bayer, denn nur wer so frisst wie dieses Volk, kann sch.. wie ein Reiher.
3. Spruch: Und wer dies geschrieben hat, das war bestimmt ein Preusse, denn wer da nichts zu Fressen hat, der hat auch nichts zu Sch.. .
4. Spruch: Hier sieht man die deutsche Einigkeit, hier tut sie sich beweisen, dem einen gönnt`s das Fressen nicht, dem And`ren nicht das Sch.. .

Ohne grossen Kommentar machte sich die Hübsche auf den Heimweg. Wie es der Zufall will, traf ich mich am anderen Abend wieder mit den Kollegen, gingen jedoch in ein anderes Restaurant, wo Fastnachtstanz stattfand, Ich stand dort nach der Ankunft eine Weile in der offenen Eingangstür und schaute dem Treiben zu.

Plötzlich kam eine Maskierte auf mich zu, wie sich später herausstellte, die Attraktive von gestern und forderte mich zum Tanz auf. Sie musste mich wohl erkannt haben: Der vom Vorabend mit den dummen Sprüchen.

Nach dem Tanz nahmen wir in der Kellerbar einen Drink und hatten uns viel zu erzählen, wobei ich offensichtlich einen guten Eindruck machte. Nach zwei Jahren wöchentlicher Treffen zogen wir zusammen und sind seitdem ein glückliches Paar.

Armer Hund

Jedes Jahr fuhr ich aus der Schweiz auf Geschäftsreise zu Kunden nach Deutschland. Das von mir für meine Firma entwickelte und hergestellte spezielle Zubehör zu Hochdruck-Sprühanlagen wurde in der Zwischenzeit auch von ausländischen Unternehmen benötigt.

Auf einer Fahrt dorthin war ich mit hoher Geschwindigkeit auf der deutschen Autobahn unterwegs. Die Fahrbahnen waren durch einen mit Büschen bewachsenen Streifen getrennt. Plötzlich sprang von dort aus ein grosser Hund direkt vor mein Auto. Ich konnte nur noch mit dem Lenkrad die Vorderräder geradehalten und schon knallte es.

Zu meinem Glück traf ich den unglücklichen Hund frontal in der Mitte des Autos, sonst hätte es den Wagen wohl überschlagen. Es herrschte starker Verkehr und ich konnte vorerst weiterfahren. Nach kurzer Zeit kam rechts eine kurzer Parkstreifen in Sicht, geeignet zum Anhalten. Vor mir hielt ein grosser Lastwagen. Der Fahrer stieg aus, kam zu mir und sagte, er habe den Unfall im Rückspiegel beobachtet und deshalb angehalten. Die Scheinwerfer meines Wagens waren zerborsten, die vorderen Kotflügel eingedrückt und verhinderten einen grösseren Lenkeinschlag. Gemeinsam bogen wir die Kotflügel zurecht und der Fahrer des Lastwagens gab mir seine Visitenkarte. Er stellte sich als

Zeuge des Unfalls zur Verfügung. Auf der Weiterfahrt kam bald ein Polizeiposten in Sicht, wo ich anhielt und Meldung erstattete. Noch vor Einbruch der Dunkelheit traf ich etwas verspätet zur Geschäftsbesprechung ein.

Die Besprechungen mit meinen Kunden dauerten in der Regel drei Tage und abends gab es mit mehreren Besprechungs-Teilnehmern eine gesellige Kneipentour. Die Herren waren trinkfest und wussten auch, wo man sich gut amüsieren konnte.

So landeten wir einmal in einer grossen Bar, wo wir eine Anzahl sehr hübscher und sehr junger Frauen sahen. Allein auf einem Sofa sitzend mit einem Bier in der Hand, kam eine dieser Hübschen auf mich zu und sagte: Na, wie wäre es mit uns zwei.

In diesem Moment wurde mir klar, wo ich mich befand. Ich hatte keinerlei Interesse, wollte die Hübsche etwas hochnehmen und sagte: Wieviel bezahlst du? So etwas wurde sie wohl noch nie gefragt, denn sie erwiderte aufgebracht: Was glaubst du, wo wir hier sind? Ich setzte dem dann die Krone auf mit der Bemerkung: Schau mal, ich bin doppelt so alt wie du, du könntest von mir etwas lernen.

Unseren Disput musste wohl von Weitem ein Aufpasser bemerkt haben, denn er kam auf uns zu. Ärger war vorprogrammiert. Zu meinem Glück wurden auch meine Begleiter aufmerksam und kamen näher. Wir zogen es dann vor, uns umgehend zu entfernen.

Auf der Rückfahrt machte ich Halt bei Lindau, wo ich meine Frau traf ; gemeinsam fuhren wir mit dem demolierten Wagen zurück nach Hause.

Kurze Zeit später erhielt ich die Nachricht von der Polizei, dass der Besitzer des Hundes ermittelt werden konnte. Seine Versicherung bezahlte anstandslos den hohen Sachschaden. Auch hatte ich die Gelegenheit, mit dem Hundebesitzer freundlich über den Vorfall zu reden.

Sportwagen

Eine der ersten Investitionen in mein neues Geschäft Ende der 70er Jahre war ein Fernabfrager für mein Bürotelefon mit automatischem Beantworter. So konnte ich auch bei Abwesenheit eingehende Telefone und Anfragen von ausserhalb nach kurer Zeit beantworten.

Meine Fahrten waren stets kombinierter geschäftlicher und privater Natur. Eine dieser Fahrten zusammen mit meiner neuen Liebe führte mich nach Norddeutschland. Dort sah ich zufällig ein Verkaufsinserat über einen VW Käfer Kabrio. Wir wurden handelseinig und durften das deutsche Kennzeichen für die Heimfahrt benutzen.

An der Grenze in Basel wurde meine Frau, welche den Käfer fuhr, kotrolliert. Mit ihrem Schweizer Pass und dem deutschen Kennzeichen am Auto fiel sie natürlich auf. Auf unseren Hinweis, dass dies ein Import sei, wurde ein Protokoll erstellt und Meldung an das Strassenverkehrsamt im Aargau erstattet.

Zu Hause bemerkte ich später viele Mängel am Fahrzeug und fand die nötige Reparatur zu teuer. Ein Händler in Zürich war zu meiner Erleichterung an einer Übernahme zu meinem Ankaufspreis interessiert und holte das Auto ab. Auf meine Bemerkung, dass noch

Importgebühren zu entrichten sind, sagte der Händler: Wir vergessen die Meldung einfach und die Sache erledigt sich von selbst. Nach einiger Zeit kam natürlich eine Zollrechnung an mich. Ich nahm Kontakt auf mit dem Amt und meldete den Weiterverkauf.

Da ich den Wagen noch nicht angemeldet hatte und somit nicht offizieller Eigentümer war, musste der Händler zu seinem Ärger die Zollgebühren zahlen.

Ähnlich erging es mir mit dem Erwerb eines Mercedes 220 SE Coupe´. Schon der Preis hätte mich stutzig machen sollen. Mein älterer Sohn hatte gerade seinen Führerschein gemacht und wir fuhren mit meinem Auto zum vierzig Kilometer entfernt wohnenden Besitzer des Mercedes. Als wir ankamen ,war es schon dämmerig; der Wagen sah im Dämmerlicht ganz passabel aus. Ein Check wurde ausgestellt und der Wagen mangels Nummernschild abgeschleppt.

Da es kalt war, liess ich auf der Heimfahrt zwecks Heizung den Motor laufen. Schon auf halbem Weg gab der Motor seinen Geist auf. Die Übernahme fand am Freitag Abend statt und schon am nächsten Tag sahen wir bei Tageslicht dann die übrigen Schäden.

Für mich war klar, dass ich aus dieser Sache möglichst ohne Verluste herauskommen sollte und dachte an ein Sperren des Checks.

Schon am Montag Morgen vor Banköffnung wartete ich auf den ersten Angestellten und veranlasste die Sperrung.

Kaum war ich zu Hause, klingelte bereits mein Telefon. Der Verkäufer war am Apparat, sagte, dass der Check zu seiner Überraschung gesperrt sei und forderte sein Geld. Es folgte eine hitzige Diskussion, nicht sehr freundlich, da ich ihn einen Gauner nannte, er kein Geld bekommen würde und sein Auto wieder abholen könnte.

Noch am selben Vormittag erschien er und bestand auf dem Vertrag. Ich sagte ihm, dass ich auf keinen Fall zahlen werde, gab ihm aber zweihundert Franken Entschädigung für seine Umtriebe. Ausserdem hielt ich ihm vor, dass er wohl auf diese Weise schon mehrmals leicht zu Geld gekommen ist. Nach Erhalt des Geldes gab er mir zum Abschied sogar die Hand, nahm den Rollie aus seinem Kofferraum, bockte den Mercedes auf und fuhr davon.

Wieder eine Lehre: Wenn man glaubt, für wenig Geld etwas Besonderes erhalten zu können, legt man am Ende drauf.

Erfahrungen

Von einem ehemaligen Arbeitskollegen habe ich vor vielen Jahren eine Lebensweisheit übernommen: "Es gibt das Glück des Tüchtigen". Man kann natürlich im Leben Pech haben oder unverschuldet in Not geraten. Aber ohne eigenes Zutun ergeben sich normalerweise auch keine Glücksfälle.

Manchmal frage ich einen Gesprächspartner: Was ist das Wichtigste in deinem Leben? Meist kommt als Antwort: Meine Frau, meine Kinder, oder meine Enkel. Dann sage ich: Das ist sehr fürsorglich gedacht von dir, aber zuerst kommst du als wichtigste Person. Dies hat nichts mit Egoismus zu tun, sondern mit

Fürsorge. Du must dich unter allen Umständen gesund erhalten, sonst kannst du dich nicht um die Deinen kümmern.

Die drei wichtigsten Dinge, welche sich in der Mitte meines Lebens für mich ergeben haben, sind erstens, dass ich meine zweite Liebe gefunden habe, zweitens, dass ich mit ihr nach Australien auswandern konnte und drittens, dass ich seitdem intensiv die chinesischen Übungen Qigong und Wuchi praktiziere.

Bald nach unserer Ankunft lernte ich hier in unserer Nachbarschaft einen älteren Chinesen kennen. Nach kurzer Zeit freundeten wir uns an und er fragte mich, ob ich Interesse daran hätte, diese speziellen zwölf- bzw. achtteiligen Übungen zu lernen. Der Chinese stellte jedoch eine Bedingung: Er würde mir die erste Übung zeigen und ich sollte diese drei Tage lang daheim wiederholen. Er würde vor der nächsten Übung dann feststellen, ob ich fleissig gewesen bin. Wenn nicht, sagte er, würde ich seine und auch meine Zeit vergeuden.

Offensichtlich war er mit meinem Einsatz immer zufrieden, denn er betreute mich ein Jahr lang intensiv. Danach kontrollierte er mich noch weitere neun Jahre und und achtete besonders auf Feinheiten. Schlussendlich sagte er: Jetzt brauchst du mich nicht mehr, du bist jetzt dein eigener Meister.

Der Chinese wartete zehn Jahre, bis er mir von seinem Meister erzählte, von welchem er in den fünfziger Jahren in Singapur ausbildet wurde. Es gibt sicher auch Nicht-Chinesen, welche diese Übungen allein für sich praktizieren, aber ich selbst habe noch keinen persönlich angetroffen. Allenfalls jemand, welcher in Gruppen praktiziert.

Manchmal sehe ich teure Angebote, wie einmal auf der Halbinsel Mettnau bei Konstanz, wo ein Wochenangebot für siebenhundert Euro angezeigt war. Was kann man in dieser Zeit schon lernen?

Die Durchführung dieser Übungen garantiert nicht ein längeres Leben, aber sicher Gesundheit und körperliche Tauglichkeit nach der Original- Aussage:

"Qigong 18 movement exercise promotes physical fitness and good health".

Übersetzt: "Die 18 Qigong-Bewegungsübungen fördern die körperliche Form und eine gute Gesundheit."

Wenn Qigong und Wuchi kombiniert praktiziert werden, erhöht dies natürlich die Wirkung.

Die fünf Säulen der "TCM", der Traditionellen Chinesischen Medizin, sind: Akupunktur, Ernährung, Kräuterheilkunde, Tuinamassage und Qigong: Damit die Lebensenergie ungehindert fliessen kann.

Es braucht natürlich Zeit und Disziplin, für seinen Körper etwas zu tun. Aber es zahlt sich aus und man ist beschwerdefrei.

Und statt ins Fitnesstraining zu gehen, kann man auch daheim noch zusätzlich Kraftübungen machen. Dies lindert vorhandene Gebrechen und beugt vor gegen solche.

Von der positiven Wirkung dieser TCM-Übungen überzeugte mich eine Begebenheit, kurz nachdem ich damit begonnen hatte. Die junge Tochter einer Kollegin leidete an schwerer Jugend-Arthritis. Sie konnte deshalb nicht am Schulsport teilnehmen und nahm ständig

Schmerzmittel. Der Chinese nahm sich ihrer an und nach einem Jahr intensiver Übung brauchte sie keine Medikamente mehr. Sie konnte nachher ihrem Vater, einem Bauunternehmer, sogar beim Verlegen von Fliesen helfen.

Ladestock

Von der verzweigten Familie meiner Schweizer Frau wurde ich sehr herzlich aufgenommen. Einige Mitglieder dieser Familie gründeten Jahre zuvor ein sogenanntes "Sippenfähnli". Dieses betrieb im Kanton Schaffhausen einen privaten Schiessplatz, wo mit Eidgenössischen Vorderladern von 1842 auf Scheiben geschossen wurde.

Es dauerte nicht lange, dann durfte auch ich an diesen Übungen teilnehmen. Da jeder mit seinem eigenen Gewehr schoss, besorgte ich mir ein sehr gut erhaltenes Genie- und Parkartelleriegewehr mit der Gravur Zeughaus Zürich Nr. 284.

Zu besonderen Anlässen wurden Uniformen getragen, welche an Landsknechte erinnerten. Auch wurde viel über die alte Waffentechnik diskutiert und danach unsere Kenntnis beim Schiessen in die Tat umgesetzt. Diese Waffen mit einem Kaliber von 18mm entwickelten bei der Schussabgabe einen gewaltigen Rückstoss.

Auch führten wir Wettkämpfe gegen andere Vereine durch. Einmal ging es dabei nach Näfels in den Kanton Glarus, wo auch Schützen aus Deutschland und Österreich teilnahmen. Unser Obmann stand bei einem Durchgang neben mir. Wir mussten in einer bestimmten Zeit eine bestimmte Anzahl von Schüssen auf eine 50 Meter entfernte Scheibe abgeben. Plötzlich hörte ich neben mir einen besonders lauten Knall und der Obmann machte einen Satz nach hinten. Danach fragte er mich, ob er sich meinen Ladestock ausborgen könnte. Er hatte vergessen, nach dem Laden den Stock aus dem Lauf zu entfernen.

Der Ladestock wurde zusammen mit der Bleikugel herausgeschossen und steckte in der Zielscheibe. Später habe ich den Stock gewogen und festgestellt, dass dieser sieben mal schwerer war als die Kugel.

Wie durch ein Wunder ist bei diesem Vorgang niemand verletzt worden. Später haben wir uns wegen des Vorfalls noch öfters über unseren Obmann lustig gemacht.

Da wir bei diesem Wettschiessen den ersten Rang erreichten, stand unser Sippenfähnli auf der Bühne und der Obmann berichtete über unseren speziellen Verein, bei dem nur Familienmitglieder teilnehmen durften. Dabei zeigte er auf mich und sagte: Der hier hat extra meine Cousine geheiratet, damit er bei uns teilnehmen darf".

Njet Balalaika

Meine Mutter arbeitete damals beim Hauptzollamt Zonengrenze in Niedersachsen. Ihre Dienststelle bekam Mitte der Achtzigerjahre über die Gewerkschaft eine Einladung für eine Studienreise nach Russland.

Sie fragte uns, ob wir sie und einige ihrer Kollegen auf dieser Reise begleiten würden. Drei Wochen, alles inclusive, für rund 1500 D-Mark pro Person. Dies konnten wir uns nicht entgehen lassen und nahmen auch noch vier Freunde aus der Schweiz mit.

Von Frankfurt aus ging der erste Flug mit einer Iljuschin nach Moskau. Es dauerte mehr als vier

Stunden, bis wir dort den Flughafen verlassen konnten. Die Abfertigung zog sich endlos hin.

Endlich in der Stadt angekommen, wurden wir im zehnten Stock eines Hotels untergebracht. Nach Zimmerbezug wollten wir uns die Umgebung ansehen. Bei jeder Unterbringung in höheren Stockwerken sehe ich mir gern den Zugang zur Feuertreppe an. Dieser lag in einem Nebenkorridor. Um die Beine zu vertreten, stiegen wir die Treppe zum Parterre hinunter. Unten angekommen, fanden wir die Ausgangstür verschlossen. So gingen wir wieder treppauf, fanden aber alle Türen, ausser im zehnten Stock, verschlossen.

Ews blieb uns nichts anderes übrig, als mit dem Lift nach unten zu fahren. Was wäre passiert, wenn es gebrannt hätte?

Was mir besonders auffiel: Keine Scheibenwischer an geparkten Autos und Fahrräder, welche in den oberen Stockwerken aussen am Balkon hingen. Alles sicher vor Dieben.

Das Lenin-Mausoleum, die U-Bahn und das Kaufhaus GUM waren beeindruckend. Weniger das Trinkwasser und das Bier.

Weiter ging es mit der Tupolev nach Alma Ata. Ein schöner Ort auf dem Land mit einem grossen Staubecken.

Meine Mutter schaffte die vielen Treppen hinauf ohne Mühe.

Einen Tag später landeten wir in Taschkent. Wieder wurden wir im höchsten, diesmal dreiundzwanzigsten Stockwerk untergebracht. Ein imposanter dreigliedriger Bau, mit den Nassräumen im Zentrum. Verschiedene Erdbeben hatten dort Risse in den Wänden verursacht, in welche ich meine Arme bis zu den Schultern hineinstecken konnte. Von den drei grossen Fahrstühlen funktionierte nur einer. Wir hatten eine herrliche Aussicht von unserem Balkon. Gingen kurz vor Mitternacht zu Bett und wurden gegen drei Uhr durch lautes Knallen geweckt. Vom Balkon aus sahen wir auf einem

Grundstück gegenüber der Ringstrasse ein grosses Feuer. Jedesmal, wenn das Feuer einen Olivenbaum erfasste, gab es einen lauten Knall. Nach einer Weile erschien die Feuerwehr und legte einen Schlauch aus. Ein Radfahrer fuhr über den prallen Schlauch und überschlug sich. Wir gingen erst wieder zu Bett, als das Feuer unter Kontrolle war.

Mein jüngerer Sohn, damals Leutnant bei der Schweizer Armee, bat mich, ein paar Militärsachen von der Reise mitzubringen. So liess ich mich im Taxi zu einem Kaufhaus fahren. Ein trostloses Gebäude mit wenigen offenen Geschäften, darunter jedoch ein Militärladen. Es war eine merkwürdige Situation:

Ausser mir nur uniformierte Kunden, welche mich argwöhnisch musterten. So kaufte ich schnell Mützen, Gürtel und Abzeichen und fuhr mit dem Taxi zurück zum Hotel.

Wir blieben drei Tage in Taschkent, machten einige Ausflüge und wollten uns unter anderem eine Balalaika besorgen. Wir fanden zwar einen entsprechenden Laden, aber als wir nach diesem Instrument fragten, hiess es: Njet Balalaika.

Weiter ging es wieder über Alma Ata nach Irkutsk. Wir wurden zu den Mahlzeiten immer in einem separaten Speisesaal verköstigt, von den einheimischen Gästen getrennt, mussten aber oft durch deren Saal laufen. Ich hatte mir zum Ergötzen der anderen Reiseteilnehmer angewöhnt, am Hemd irgendwelche russische Abzeichen zu tragen. Einmal an einem Hemd mit Schulterklappen einen grossen Sowjetstern, welchen ich von einer Mütze abnahm. Als ich in dieser Aufmachung durch den Speisesaal der Russen lief, kam eine gewisse Unruhe unter diesen Leuten auf. Daraufhin habe ich keine Abzeichen mehr getragen.

Von Irkutsk ging es per Schiff zum Baikalsee, aus dem man damals noch direkt trinken konnte. Auf einem Spaziergang konnte man in einiger Entfernung die transsibirische Eisenbahn sehen. Eisenbahnen,

Stauwerke und Bahnhöfe durften nicht fotografiert werden.

In einer Antonov ging es weiter nach Bratsk, einem tostlosen Ort und dann mit der Tupolev über Omsk zurück für zwei Tage nach Moskau. Dort wollte jemand für dreihundert Rubel meine Lederjacke kaufen, aber was hätte ich mit dem Geld machen können? Im GUM hätte man zwar einen schönen Samowar bekommen; für die Rückreise war dieser jedoch zu sperrig.

Auf dem Flughafen wollte ich noch die restlichen Rubel zurücktauschen, da deren Ausfuhr verboten war. Vor dem einzigen offenen Schalter aber warteten viele Leute. So steckten wir das

Geld vor dem Abflug in eine Sammelbüchse.

Der Rückflug, wiederum mit einer Iljuschin, verlief problemlos, aber ich hätte Hemmungen, wieder in ein russisches Flugzeug zu steigen.

Harley

Als junger Mann durfte ich manchmal den Motorroller meines Vaters benutzen. Später schenkte mir ein Freund eine 98er Quick. Eine Amsler und eine alte Vespa kamen auch noch dazu. Nähert man sich dem 50ten Geburtstag, sollte es dann ein richtiges Motorrad sein.

So besorgte ich mir eine wunderschöne Harley Davidson WLA, Jahrgang 1942, weinrot mit viel Chrom. Da ich nur bei schönem Wetter fahren wollte und zudem im Geschäft und mit Umbauten am Haus sehr beschäftigt war, stand die Harley meistens in der Garage.

Nach zwei Jahren begannen wir mit dem Einbau einer Maisonetten-

Wohnung im angebauten Scheunenteil im zweiten und dritten Stock unseres alten Bauernhauses. Zum Schluss holte ich eine Offerte für die Gipserarbeiten ein. Die Offerte von einem Fachgeschäft fiel knapp achttausend Franken höher aus, als ich für die Harley bezahlt hatte.

So kam ich auf die Idee, einen Gipser zu finden, welcher bereit war, die Arbeiten inklusive Material im Tausch gegen die Harley auszuführen. Ein Interessent fand sich in der Innerschweiz. Bei der Verhandlung befand dieser den Preis für das Motorrad zwar zu hoch, stimmte jedoch dem Tausch zu.

Der Gipser stellte seinen Wohnwagen auf unseren Garagenplatz und begann die Arbeit. Meine Bedingung war, dass er die Harley erst nach Beendigung erhält.

Die Arbeit zog sich über fast drei Monate hin, während sein Hund immer in einer feuchten Gipsecke lag. Der Kran für den Bau der Maisonette stand noch und durfte für die Erstellung des Dachstocks benutzt werden, welchen ich zusammen mit einem Zimmermann aufstellte. Meine handwerklich begabte Frau bediente während des Abrisses und Neubaus des Dachstocks den Kran.

Der Gipser bat mich einmal, eine Palette mit Gipssäcken in den zweiten Stock zu heben mit dem alter Kran, welcher beim Aufziehen der Lasten zwischendurch ruckte.

Ich begutachtete die vorbereitete Palette mit den Säcken und befand, diese sollten darauf besser gesichert werden. Mein Rat wurde nicht beachtet und das Unglück nahm seinen Lauf. Der Gipser stand am Fenster im zweiten Stock und wollte gerade den ersten Sack von der Palette ziehen. Der Kran ruckte und alle Säcke fielen aus dieser Höhe auf den Vorplatz, wo sie natürlich aufplatzten.

Zu allem Unglück fing es gerade an zu regnen. Noch nach Wochen sah man Reste von Gips auf dem Vorplatz. Die Arbeiten zogen sich in die Länge, wir wurden mit der Zeit ungeduldig und drängten auf baldige Fertigstellung.

Schlussendlich halfen ein Bruder und ein Freund des Gipsers, die Arbeiten zu beenden.

Mit dem Resultat der Arbeit waren wir am Ende zufrieden und Gipser, Wohnwagen sowie Harley zogen von dannen.

Willys Jeep

Der Motor meines schönen gelben Geschäftsautos fing an leicht zu rauchen. Die Fahrzeugkontrollen im Aargau sind sehr streng. Eine teure Reparatur wäre nötig geworden, so kaufte ich privat einen anderen gut erhaltenen Mercedes-Kombi. Ein Holzhändler im Thurgau war an dem Ersteren interessiert. Da er jedoch nicht den vollen Kaufpreis bar bezahlen wollte, bot er mir für einen Teil des Wertes seinen Willys Jeep an, welcher von der Schweizer Armee stammte. In der Schweiz gibt es die Wechselnummer. Man kann zwei Autos mit demselben Nummernschild fahren, wobei Steuer und Versicherung für das grössere Auto zu bezahlen sind.

Wir fuhren also mit dem "Gelben" ins Thurgau, um den Jeep abzuholen. Es war zwar recht kalt, aber die Rückfahrt verlief zur vollsten Zufriedenheit. Der Jeep und mein Anhänger dienten mir anschliessend beim Umbau unseres Bauernhauses.

Als wir uns zur Auswanderung entschlossen, machten wir eine Liste von allen Sachen, welche wir nach Australien verschiffen wollten. Alles wurde verpackt, vermessen und im grossen Eingang unseres Hauses gelagert. Meine Frau befand, dass alles, was wir mitnehmen wollten, in einem halben Container Platz finden muss.

Ich hatte die Absicht, auch den Jeep mitzunehmen und wusste, dass alles hineinpassen würde.

Das Beladen des Containers entwickelte sich zu einer Puzzlearbeit. Der Jeep wurde zuerst verladen. Dann kamen die Werkzeugkisten und andere schwere Sachen. Mein jüngerer Sohn stand im Eingang mit einem Masstab bereit und ich mit Einem im Container. So wurde beim Packen jeder Platz ausgenutzt. Zum Schluss wurde die Tür verriegelt. Es hätte nichts mehr hineingepasst.

Der ganze Vorgang dauerte vier Wochen, dann wurde der Container, welcher auf einem Anhänger stand, mit einer Zugmaschine abgeholt. Wir sahen dem Gefährt nach und meine Frau sagte: Nichts ist versichert, vielleicht geht alles im Meer verloren.

Mein älterer Sohn überwachte von seinem benachbarten Grundstück aus in der Zwischenzeit unser Haus in Australien, welches im Jahr vorher gekauft und vermietet wurde. Die Mieter hatten gegen unsere Anweisung den grossen Schuppen belegt, wo unsere Sachen vor dem Renovieren des Hausen gelagert werden sollten. Mein Sohn befand jedoch: Kein Problem, man kann einen Unterstellplatz im Ort mieten.

Nach unserer Ankunft stellten wir fest, dass alles im letzten Moment im freigemachten Schuppen untergebracht werden konnte.

Zum Glück, denn der Lagerplatz im Ort brannte zur gleichen Zeit ab.

Der Container wurde in Fremantle ausgeladen, die Sachen kontrolliert, in zwei Möbelwagen verpackt und die 250 km zum unserem Haus gefahren. Auch der Jeep kam extra auf einem Lastwagen. Wir hatten also sehr Platz sparend gepackt.

Alle Holzsachen wurden in Fremantle begast. Erst beim Aufstellen des grossen zweiteiligen Wohnzimmerschrankes bemerkten wir, dass das Unterteil fehlt. Es wurde im Lagerchuppen in Fremantle vergessen.

Der Grund dafür waren Nüsse, welche im Schuppen einen Haufen bildeten. Hinter diesem war das Unterteil nicht mehr zu sehen.

Bis wir das Fehlen merkten, waren schon ein paar Wochen vergangen.

Es war uns jedoch nach dieser Zeit noch möglich, die für den Schuppen Verantwortlichen zu kontaktieren. Sie hatten schon überlegt, das Teil zu entsorgen, da niemand mehr wusste, wem es gehört. Es war auch das letzte Teil dort und der Schuppen sollte abgerissen werden

So kam das leicht lädierte Unterteil letztlich zu uns in einem grossen Möbelwagen. Es musste hundert Meter zum Haus getragen werden, weil der grosse Wagen nicht durch unser Tor passte.

Die Registrierung des Jeeps war einfach; hier gibt es keine Fahrzeugkontrollen. Zehn Jahre hatte ich Freude an dem Fahrzeug, dann wurde es in Perth versteigert.

Am "Australia Day" gibt es Militärparaden und ich wurde immer gefragt, ob ich mit dem Jeep Kriegsveteranen, welche nicht mehr gut zu Fuss sind, beim Marsch fahren könnte. Das war für mich eine Ehre;

Mein Vater, als Weltkriegs-Teilnehmer auf der Gegenseite, hätte dies wahrscheinlich unpassend gefunden.

Concorde

Ein Freund aus Deutschland, ein grosser Flugzeugfreund und ehemaliger Privatpilot, wollte von London aus in der Concorde an einem kurzen Überschallflug teilnehmen. Er fragte mich, ob ich Lust hätte, ihn zu begleiten. So besorgte meine Frau die nötigen Tickets: Mit dem Zug nach Düsseldorf und weiter per Flug nach London, Ankunft Samstag Abend.

Es war eine organisierte Reise mit wenig Teilnehmern. Der Überschallflug mit der Concorde sollte über der Nordsee stattfinden und danach in Münster/D enden. Am Sonntag Morgen vor dem Flug wurde uns mitgeteilt, dass die

Fluglotsen streiken und unser Flug verschoben wird.

Unsere Reiseleitung gab sich alle Mühe. Wir wurden mit dem Bus zum Essen in die Innenstadt gefahren, was im Schritttempo vor sich ging. Es war ungewiss, ob unser geplanter Flug wegen des Streiks am nächsten Tag stattfinden würde und löste deshalb bei allen Teilnehmern Unbehagen aus. Ich hatte am folgenden Mittwoch einen Geschäftstermin in Frankreich und wollte unbedingt zurück in die Schweiz.

Auch die anderen Teilnehmer wollten sich nicht der Ungewissheit aussetzen lassen und drängten die Reiseleitung, die Rückreise so schnell wie möglich zu organisieren.

Diese startete am Sonntag Abend ab London in einem kleinen Reisebus. Mit der Fähre von Dover nach Calais und weiter nach Münster, wo wir morgens gegen 9.00 Uhr eintrafen. Das war eine der unkomfortabelsten Nächte meines Lebens.

Der Flug mit der Concorde wäre ein Geschenk meiner Frau an mich gewesen. Sie erhielt das Geld zurück, aber an mir blieben alle übrigen Kosten hängen.

Wir sind unzählige Male in verschiedene Richtungen geflogen, aber die Erfahrung mit dem Londoner Flughafen wird mich mein Leben lang davon abhalten, dort jemals zwischen zu landen.

Australien, wir kommen

Es gibt verschiedene Möglichkeiten, nach Australien auszuwandern. Der einfachste Weg ist, für die Meisten allerdings unerschwinglich, sich für viel Geld ein Geschäft dort zu kaufen. Oder der normale Weg, für jüngere Leute mit der nötigen Ausbildung, in zur Zeit gefragten Berufen die Einwanderung zu beantragen. Dann gibt es noch die Möglichkeit, ab einem gesetzten Alter beim Staat zu investieren, um eine mehrjährige Aufenthaltserlaubnis zu erlangen. Je nach Herkunftsland kann die Investition bis zu einer Million Dollar betragen.

Wir hätten uns bei der ersten Reise 1982 nach Down Under nicht träumen lassen, hier einmal Wohnsitz zu nehmen. Erst nach mehreren Besuchen fassten wir 1992 den Entschluss, die Auswanderung zu planen. Es gab damals die Möglichkeit einer Familien-Zusammenführung, wenn 50% deren Kinder in Australien aufenthaltsberechtigt sind, was bei uns zutraf, da mein älterer Sohn bereits vor uns nach Australien auswanderte. Normalerweise muss man die Auswanderung vom Heimatland aus beantragen und dann dort auf einen positiven Entscheid warten.

Wir verblieben nach Einreichen unseres Antrags nicht in der Schweiz , sondern verbrachten während dieser Zeit Ferien in

Australien. Dies war meinem jüngeren Sohn zu verdanken, welcher anfangs 1993 meinen Betrieb in der Schweiz übernahm. Ein Haus in Down Under wartete schon auf uns und unsere Habseligkeiten waren bereits auf dem Weg in die unbestimmte Zukunft per Schiff unterwegs.

Für eine Reise nach Australien soll man erst das Visum beantragen und dann nach dessen Erhalt erst das Flugticket besorgen, denn das Visum könnte verweigert werden. Um das erste volle Jahr in Australien verbringen zu können, nahmen wir jedoch das Risiko inkauf und fuhren erst einen Tag vor unserem Abflug per Bahn nach Bern zur Australischen Botschaft.

In der Regel erhält man ohne Problem ein 3-Monate-Visum oder gegen Aufpreis evtl. eines für 6 Monate. Ich fragte am Schalter, ob auch eines für 12 Monate erhältlich wäre und nach einigem Zögern wurde entgegnet: Ja, aber wir brauchen von ihnen eine schriftliche Bestätigung über ihr Bankguthaben, eine weitere von der Gemeinde über entrichtete

Steuern und eine schriftliche Begründung für den geplanten Jahresaufenthalt. Wir beschafften dies alles noch am selben Tag und wollten am nächsten Morgen nochmals bei der Botschaft vorsprechen.

Am Abend war eine grosse Abschiedsparty angesagt. Zu vorgerückter Stunde rief ich in die Menge: Hört mal alle her, morgen abend sollten wir abfliegen, haben aber noch kein Visum. Es wurde weiter gefeiert in der Hoffnung auf einen positiven Bescheid.

Am anderen Morgen machte sich mein lieber Schatz mit den nötigen Unterlagen allein auf den Weg nach Bern. Ich blieb zurück, um mit meinem Sohn geschäftliche Dinge zu besprechen. Am späten Vormittag kam endlich von meinem Schatz der erlösende Anruf mit der Nachricht über das erlangte Visum.

Wir verbrachten dann mit kurzen Unterbrechungen die ganze Wartezeit auf die Niederlassung in Down Under. Es war lange Zeit ungewiss, aber nach 2 Jahren hatten wir es bekommen und uns inzwischen auch eingelebt.

Meine Frau rückte als ausgebildeter Volunteer Ambulance Officer viele Jahre mit der St. John-Ambulance zu Unfällen aus,

ich war Mitglied beim Rotary Club und beide waren wir auch beim Flying Doctor Fundraising Committee ehrenamtlich tätig.

Die Einbürgerung nach weiteren zwei Jahren erfolgte problemlos. Damals stellte der Postmaster in Busselton die Antragsformulare aus und schickte diese an die zuständige Behörde. Innerhalb von zwei Wochen erhielten wir bereits den positiven Bescheid.

Das Überreichen der Urkunden fand im Beisein von fast dreissig Freunden und Bekannten im Gemeindebüro statt. Auch für Getränke und Knabbereien hatte die Gemeinde-Präsidentin gesorgt. Nachher gingen wir alle in ein Steakhouse und feierten den Anlass.

Alles Experten

Australien ist unser neues Zuhause, hier fühlen wir uns wohl und haben gute Freunde. Wir leben auf einem wunderschönen Grundstück und haben nette Nachbarn. Das Meer ist nicht weit entfernt: Es gibt einen 25 km langen Radweg zum nächsten Ort, meist am Meer entlang. Das Wetter hier im Südwesten ist das Beste in Down Under. Die Infrastruktur ist hervorragend, sehr gute ärztliche Betreuung und Altenpflege.

Die Mentalität hier ist für uns etwas ungewohnt. Es wird geschwiegen, wenn etwas zum Tadeln wäre. Die meisten Schulabsolventen gehen zur Universität, und studieren etwas, das in der

Schweiz kaum einer Berufslehre entspricht. Ich war noch für viele Jahre in unserem Schweizer Betrieb für die Technik zuständig und bin froh, hier nicht einer Erwerbstätigkeit nachgehen zu müssen.

Beim Bau unseres Gästehauses brauchte ich einen Baumeister, welcher die Materialien besorgen und den Bau überwachen sollte. Die Baupläne hatte ich erstellt und der Einfachheit halber von einer Architektin für die Genehmigung fachgerecht zeichnen lassen.

Das Fundament wurde gegossen und die Wände unter meiner Leitung von zwei Maurern hochgezogen. Sie verrechneten jeden Abend die vermauerten Ziegel. Ein Elektriker verlegte die Kabel und schloss die Steckdosen an.

Als die Veranda und das Dach erstellt werden sollten, stimmte ich mit dem Vorgehen des Baumeisters nicht überein. Wir trennten uns in Frieden; ich besorgte mir eine Baulizenz, erstellte selbst das ganze Dach sowie die Sanitäranlagen und verlegte die Bodenplatten.

Auch die Renovierung unseres Haupthauses besorgte ich selbst. Vorher hatten wir unter dem Dach einen Heisswasserboiler, ohne Thermostat, nur mit einem Schalter an der Küchenwand. Wenn man vergass, nach Erhitzen des Wassers auszuschalten, gab es Wasserflecken an der Decke.

So wollte ich mir in einem Fachgeschäft einen Zeitschalter besorgen. Kein Problem, sagte der Händler. Nach ein paar Tagen wollte ich den Schalter abholen. Meiner Meinung jedoch war dieser unpassend. Der Händler nahm ein Stück Papier und zeichnete den Schaltplan inklusive Thermostat. Ich sagte, am Boiler befindet sich kein solcher. Er daraufhin: Er wüsste, dass dort einer ist, er wäre Elektroingenieur. Ich daraufhin: Ich bin Maschinen-Ingenieur und er hätte keine Ahnung. So etwas hätte hier niemand ausser mir gesagt.

Eine ähnliche Situation entstand während einer Rotary-Sitzung. Ein Gastredner berichtete über die Pläne, einen Yachthafen in unserem

Ort zu bauen. Dazu würde es vom Meer her einen langen Kanal ins Inland geben mit Liegenschaften drum herum und dazu gehörigen Bootsstegen. Ich fragte ihn, wie es später um die Wasserqualität stehen würde, wenn Motorboote hineinfahren. Er sagte, dass die Ingenieure herausgefunden hätten, dass jeweils Frischwasser vom Meer her nach hinten fliesst und das verschmutzte Wasser unten am Boden wieder abfliesst. Ich sagte ihm, dass ich seine Ausage für einen absoluten Schwachsinn halte, worauf er seine Broschüren auf das Pult donnerte und davonlief.

Und hier nun die Reaktion meiner Kollegen: Fassungslos, dass ich so etwas sagen konnte.

Der Kanal ist seit vielen Jahren fertiggestellt und hat bisher nur Probleme verursacht.

Hier wird, wenn etwas schiefläuft, geschwiegen. Dafür wird die befriedigende Ausführung einer Arbeit, welche wir für selbstverständlich halten, hochgelobt. Aber meine Freunde kennen und schätzen meine Kommentare bei entsprechenden Gelegenheiten.

Golf

Als junger Teenager verdiente ich mir nach der Schule und an Wochenenden auf dem Golfplatz Geld mit dem Tragen der Schlägertasche von Golfspielern. Am Golfspiel war ich immer interessiert, konnte mir diesen Sport jedoch weder in Deutschland noch in der Schweiz leisten. Erst nach der Auswanderung nach Australien fing ich an zu spielen. Hier ist es ein Volkssport und für die meisten Leute erschwinglich. Der nächste Golfplatz ist nur einen Kilometer von unserem Grundstück entfert und damit sogar leicht mit dem Fahrrad zu erreichen.

Ein Klubmitglied zu werden ist einfach. Man spielte damals drei

Runden mit einem Partner und das Resultat ergab das persönliche Handicap. In Europa ist es schwieriger, ein Handicap zu erhalten. Man muss dort eine Platzreife absolvieren und nur bei einem entsprechenden Ergebnis kann man Klubmitglied werden. Es gibt auch noch andere Mitgliedsmöglichkeiten, diese werden hier jedoch nicht aufgezählt.

Während einer Reise nach Norddeutschland vor einiger Zeit kam bei mir der Wunsch auf, einmal auf dem noblen Golfplatz, auf dem ich vor vielen Jahren die Taschen geschleppt hatte, zu spielen. Ich rief von unterwegs im Klubhaus an und erkundigte mich nach der Spielmöglichkeit. Ich hatte keine

Golfsachen dabei und mir wurde gesagt, dass ich auch nichts ausleihen könnte. Zum Schluss kam ich mit einem Mitglied in Kontakt, der mir die nötigen Sachen besorgte. Wir verabredeten uns zu einem Spiel. Ich meldete mich vorher im Sekretariat, zahlte die Greenfee und zeigte meinen alten Caddieausweis. Die Sekretärin war sehr überrascht und bemerkte: Es wurde gerade ein Buch gedruckt über die Gründung des Klubs vor 75 Jahren. Wenn sie den Ausweis vorher gehabt hätte, wäre dieser in dem Buch erschienen.

Danach spielten das freundliche Mitglied und ich eine Runde, begaben uns danach auf die Klubhausterasse und tranken ein Bier.

Da tauchte plötzlich die Sekretärin in Begleitung eines vornehmen Herrn bei uns auf. Sie stellte den Herrn als Präsidenten des Klubs vor, überreichte mir einen Umschlag mit Geld und das neue Buch. Ausserdem sagte sie, ich wäre heute ein Ehrengast und müsste nichts bezahlen.

Einige Tage später hatte ich die Gelegenheit, an einem Wettspiel teilzunehmen, bei dem ein Spieler unserer Gruppe auf einem sehr langen Par 3 ein "Hole In One" erzielte. Anschliessend gab es im Klubhaus ein gewaltiges Fest. Dies muss dem glücklichen Spieler eine Menge Geld gekostet haben.

Bei uns wird zu einem solchen Anlass nicht gross gefeiert. Als ich letztes Jahr bei einem Wettspiel ein "Hole in One" erzielte, spendierte ich jedem in meiner Gruppe ein Bier.

Zum Schluss ein Golfwitz:

Petrus sieht an einem Sonntag Vormittag vom Himmel herunter einen Geistlichen allein Golf spielen. Petrus beschwert sich bei Gott und sagt: dieser Mann muss bestraft werden. Statt zu predigen, spielt er Golf. Gott sagt: Es wird sich schon richten. Petrus beobachtet den Geistlichen weiter und sieht, dass dieser plötzlich auf einem Par 3 ein "Hole in One" erzielt. Jetzt wird Petrus richtig zornig und beschwert sich wieder.

Aber Gott sagt nur: Er ist schon gestraft, denn wenn er im Klubhaus von seinem Glück berichtet, wird ihm das niemand glauben.

Heiligensee

Im Magazin "Der Spiegel" erschien vor einigen Jahren ein Bericht über die Anwohner des Heiligensees in Potsdam. Eine teure Gegend, in der auch sehr bekannte Leute aus der Unterhaltungs- und Modebranche ihren Wohnsitz haben. Es wurde auch über ein Paar berichtet, welches bereits zu DDR-Zeiten eine Villa am See besass und noch darin wohnte.

Da wir jedes Jahr eine Europareise unternehmen, kam ich auf die Idee, einmal am Heiligensee meine chinesischen Übungen zu machen. Da ich keine geeignete Unterkunft fand, schrieb ich diesem Paar einen Brief mit der Bitte um Angabe einer passenden Unterkunfts-Adresse.

Es dauerte nicht sehr lange, bis ich Antwort erhielt. Diese Leute waren hocherfreut, einen Brief aus Australien zu erhalten. So entwickelte sich bald daraus eine überaus freundliche Beziehung per E-Mail und Telefon.

Die Zeit schritt voran und noch hatten wir keine passende Unterkunft gefunden. Bis ich kurz vor unserer Abreise von unseren neuen "Freunden" die Nachricht erhielt: Macht Euch keine Sorgen, ihr könnt bei uns wohnen, nur können wir uns nicht gross um euch kümmern, da wir geschäftlich sehr angespannt sind.

An einem schönen Sommer-Nachmittag kamen wir am See an und wurden herzlichst mit

Champagner im Garten begrüsst. Nach einer Weile gingen wir ins Haus und wurden in unser Zimmer geführt: Ein grosser Raum im Estrich mit Bad und Aussicht auf den See. Wir waren begeistert und fragten, was das Ganze kosten würde. Die Antwort war: Nichts, ihr seid unsere Gäste.

Wir blieben zweieinhalb Wochen in diesem Paradies. Machten viele Ausflüge mit dem Fahrrad und luden unsere Landlords hin und wieder auswärts zum Essen ein. Da diese in der Regel spät von der Arbeit heimkamen, bereiteten wir auch manchmal das Abendessen vor.

Einmal brachte der Hausherr sein Susuki-Motorrad 1800 mit heim und nahm mich mit auf eine Spritztour.

Mit 170 Sachen auf dem Sozius entlang der Avus bei starkem Verkehr: Man muss das einmal erlebt haben.

Mit grossem Bedauern nahmen wir Abschied von unseren neuen Freunden und sind noch bis heute in gutem Kontakt mit ihnen.

Whoopi Goldberg

Melbourne ist eine der schönsten und interessantesten Städte Australiens mit Universitäten, botanischen Gärten, Museen, einer Staatsbibliothek und der Nationalgalerie. Nur eine Autostunde entfert befindet sich der ehemalige Goldgräberort Ballarat. Also auf jeden Fall eine Reise wert.

Nach unserem Flug ab Perth suchten wir in der Stadt für ein paar Tage eine Unterkunft in einem kleinen Hotel. Bald fanden wir ein passendes Objekt. Im Empfangsraum sass hinter einem Pult eine attraktive dunkelhäutige Schönheit, welche uns zur Begrüssung herzlich anlachte.

Wir erhielten den Schlüssel für ein Zimmer in der zweiten Etage. Schlussendlich fuhren wir mit dem Lift in die vierte Etage, da sich im ersten Stock der Frühstücksraum befand und darüber in zwei Stockwerken Büros genutzt wurden.

Da ich keine Innentreppe finden konnte, wollte ich mir wenigstens die Feuertreppe ansehen. Durch eine schwere Eisentür war dorthin der Zugang. Es schien, dass diese Treppe seit Jahren nicht mehr benutzt wurde, denn auf den Stufen lag dicker Staub und zudem unzählige von gegenüber durch die zerbrochenen Fenster hineingeworfene Zigarettenstummel.

In der Regel gelangt man durch die Feuertüren nur nach aussen. Um mich nicht auszuschliessen, lehnte ich die Tür vorsichtig an und ging die Treppe hinunter. Kaum war ich auf der nächsten Etage angelangt, hörte ich oben ein lautes metallisches Geräusch: Meine liebe Frau wollte nach mir sehen und dabei fiel die Tür ins Schloss.

Es blieb uns nichts anderes übrig, als ganz nach unten zu gehen. Die Ausgangstür liess sich zum Glück öffnen. Um wieder zum Hoteleingang zu gelangen, mussten wir von hinten herum zur Hauptstrasse laufen. Als wir ins Hotel gingen, schaute uns die Empfangsdame ungläubig an und fragte uns, wo wir herkämen, denn sie hätte uns nicht hinaus gehen sehen. Als wir von der Besichtigung der Feuertreppe berichteten, brach die Dame in schallendes Gelächter aus und sagte: Das hätte vor uns noch niemand probiert. In diesem Moment erinnerte sie mich an Whoopi Goldberg.

Am nächsten Morgen gab es nochmals Grund zum Lachen. Als wir das Hotel verlassen wollten, sagte sie zu mir: Stell' dir vor, vorhin trat ein Gast ein, welcher dir ähnlich sieht. Ich fragte ihn: Wo hast du deine Frau gelassen, worauf er mich ungläubig ansah, bis ich meinen Irrtum bemerkte und mich entschuldigte.

Es liess mir keine Ruhe, dass ich keine normale Treppe finden konnte. Also machte ich mich auf die Suche. Schlussendlich fand ich in dem verwinkelten Gebäude eine Stiege. Unten angekommen, stand ich vor einer kleinen Holztür. Als ich versuchte, sie zu öffnen, fand ich diese zwar unverschlossen, aber etwas sperrte auf der anderen Seite. Als ich sie aufdrückte, verschob ich einen Schrank, der hinter Whoopi Goldsbergs Pult stand. Auch dieser Vorfall artete bei ihr in gewaltiges Gelächter aus.

Dachsturz

Meine Um- und Neubauten begannen bereits 1982 mit unserem ersten alten, kleinen Haus im Aargau. Die bestehenen einzelnen Zimmer wurden mit grossen, gemauerten Bögen verbunden. Ein grosser gedeckter Parkplatz mit einem Schuppen für die Unterbringung von Fässern unserer Firma kam neu hinzu. Nach zwei Jahren wurde es jedoch zu eng.

Nach langer Suche fanden wir im selben Ort ein für unseren Betrieb geeignetes Objekt: Ein grosses, altes Bauerhaus, sonnig gelegen, aber fast abbruchreif. Nach langen Jahren des Umbaus ist es heute ein Schmuckstück. Mein jüngerer Sohn bewohnt es nun mit seiner Familie seit unserem Umzug nach Down Under. Er erinnert sich noch an den Tag, wo er als junger Mann mir beim Ausmessen helfen musste. Sein Kommentar: Mein Gott, was willst du mit dieser Bruchbude machen?

Ohne Architekt gelang mir die ganze Umbauplanung, auch für eine Maisonette im alten Scheunenteil über dem neuen Büro im Parterre. Die Umbauten überwachte ich und legte auch selbst oft Hand an, wie beim Verlegen sämtlicher Gas- und Wasserrohre. Ein spezielles Erlebnis war die Dach-Erneuerung. Während ich mit Hilfe eines Zimmermanns das neue Dach erstellte, bediente meine liebe Frau den alten Kran. So sparten wir eine Menge Geld.

Der Um- und Neubau setzte sich auch in Down Under fort. Zum bestehenden Haus auf unserem grosssen Grundstück wurde ein grosser Sonnenraum und ein Gästehaus angebaut. Auch hier wiederum das Meiste in Eigenarbeit.

Beim Auswechseln der verwitterten Sonnenschutz-Dachabdeckung über dem Sonnenraum rutschte ich aus und stürzte aus fünf Metern Höhe kopfüber auf den Betonboden. Meine Frau war zu diesem Zeitpunkt nicht zu Hause, aber zum Glück hielten sich Freunde im Gästehaus auf, welche drinnen den Aufprall-Lärm hörten und mich draussen auf dem Boden liegen sahen.

Sie riefen sofort die Ambulanz, aber es dauerte über eine halbe Stunde, bis diese auf unserem Grundstück eintraf. Im Spital wurde ich notfallmässig versorgt und für eine Nacht dort behalten. Am Anfang sah es nicht gut aus, mein Gesicht konnte man kaum noch erkennen, aber ich habe das Ganze ohne Schaden überstanden.

Mit Neu- und Umbauten habe ich wohl jetzt abgeschlossen und beschäftige mich mehr mit Radfahren, Golfspielen, Reisen, Lesen und natürlich Schreiben.

Meine letzte grosse Arbeit war die Erstellung des neuen Eingangsbereiches zum Haupthaus unter Verwendung von 50 Säcken Zement und Mörtel sowie 3000 kg Steinen und Platten.

Gut gegangen

In meiner Sammlung alter Schweizer Waffen befand sich zum Schluss noch ein Scheibenstutzer-Vorderlader. Nach unserer Auswanderung nach Australien stand dieser meinem Sohn in der Schweiz im Weg. Der Präsident vom Vorderlader Club in Perth, dem ich schon einige Waffen verkauft hatte, war daran interessiert. So machte ich mich daran, herauszufinden, welche Papiere für den Import nötig sind.

Die Information von der zuständigen Behörde lautete: Wenn die Waffe älter als hundert Jahre ist, braucht es keine Genehmigung.

Zur Sicherheit erkundigte ich mich auch bei der Airline, welche wir benutzen, ob die Waffe als Sperrgut aufgegeben werden kann. Auch dies war offensichtlich kein Problem. Da hier die Bestimmungen jederzeit ändern können, erwartete ich trotzdem einige Schwierigkeiten.

Auch erkundigte ich mich kurz vor unserem Rückflug in Zürich Airport, ob ich die Waffe vorgängig für einige Tage an der Gepäckaufbewahrung abgeben könnte.

Auch das war ohne weiteres möglich. Dies wurde nötig, da wir auf unserem Weg zum Airport am Abflugstag durch deutsches Gebiet fahren mussten.

So fragte ich meinen kleinen Enkel, ob er mich zur Abgabe der Waffe begleiten würde. Beim Airport angekommen, schulterte ich den Vorderlader, nahm den Enkel bei der Hand und ging durch die Menschenmenge den weiten Weg zur Gepäckaufbewahrung. Was hier in Australien ein Ding der Unmöglichkeit wäre, war in Zürich kein Problem. Kaum jemand beachtete uns.

Am Tag des Abflugs holte ich die Waffe wieder ab und marschierte damit zum Abfertigungsschalter.

In Perth angekommen, sah ich vom Kofferkarussell aus am Sperrgutschalter den Vorderlader liegen. Trotz Besitz eines Waffenscheines durfte ich ihn nicht berühren.

Die Waffe wurde von einem Beamten zum Tisch der Flughafenpolizei gebracht. Die Formalitäten dauerten über eine Stunde. Der Einfachheit halber gab ich die Adresse des Käufers an, welcher sie später abholte. Somit war für mich die Sache erledigt. Vom Verkaufserlös richtete ich eine Klimaanlage in unserem Gästehaus ein.

Eine weitere Verzögerung unserer Abfertigung entstand beim Vorzeigen von alten Holzkegeln. Diese gehörten einem Schulkollegen meiner Frau. Sie spielte als Kind mit diesen Kegeln und wir durften diese als Andenken mitnehmen.

Bei der Einreise in Australien achten die Beamten streng darauf, dass keine verbotenen Waren und Gegenstände eingeführt werden.

Die alten Holzkegel hatten natürlich Wurmlöcher, welche sichtbar waren. Uns wurde mitgeteilt, dass die Kegel begast und dann vernichtet werden müssen. Auf unseren Einwand, dass nach der Begasung keine Gefahr mehr für die Umwelt bestehen würde, konnte eine für beide Seiten befriedigende Lösung gefunden werden. Für eine Gebühr wurden die Kegel begast und danach per Post zu uns geschickt. Jetzt hängen diese für alle sichtbar in einer unserer Gartenlauben.

Auf Abwegen

Mein guter Freund Pete, welcher sich oft im "Outback" aufhält, hat für alle seine Freunde Spitznamen. Weil er weiss, wie stolz ich darauf bin, in diesem aussergewöhnlichen Land zu leben, nennt er mich "Aussie". Er besitzt neben Anderem drei Motorräder und einen grossen Wohnwagen mit Vorzelt, welcher auf einem Campingplatz in Albany an der Südküste, gut 4 Stunden Autofahrt von uns entfernt, steht.

Eines Tages sagte er zu mir : "Ich fahre nach Albany und nehme die Motorräder mit. Der Wohnwagen eines Freundes neben meinem steht zu eurer Verfügung.

Komm doch vorbei und bringe auch deine Frau mit; wir drei können dort unten Motorradtouren unternehmen".

Dies war ein Angebot nach meinem Geschmack. Das einzige Problem war, dass meine liebe Frau hier keinen Führerschein für Zweiräder besitzt. Sie fuhr zwar in der Schweiz eine kleine Honda, aber hier gilt der Autoführerschein nur für 50 ccm Mopeds.

Es brauchte einige Zeit, meine Frau zu überreden, mit uns zu kommen.

Bei bestem Wetter besichtigten wir den Wohnwagen. Eine böse Überraschung wartete jedoch auf uns. Drinnen befand sich ein grosser Kühlschrank, gefüllt mit

Fisch und Fleisch. Jemand war einige Tage zuvor draussen über das Kabel gestolpert und hatte dabei den Stecker aus der Steckdose gerissen. Die Luft im Wagen roch nicht sehr frisch. Nach einem Schlummertrunk legten wir uns schlafen. Wegen des fauligen Geruchs war für mich an Schlafen nicht zu denken; so ging ich zu unserem Auto und legte mich hinten zum Schlafen. Am nächsten Morgen zogen wir um in eine gemütliche Kabine.

Die Motorräder standen parat. Wir starteten unsere Fahrt. Voraus mein Freund, dann meine Frau und am Ende ich. Meine Frau hatte leichte Probleme mit der Balance, denn im Stand konnte sie diese nur auf Zehenspitzen halten. Dies führte dann beim ersten Halt auf der schrägen Fahrbahnseite zum Sturz. Es blieb ihr aber nichts anderes übrig, als weiter zu fahren, denn wir befanden uns an einem abgelegenen Ort.

So fuhren wir bei bestem Wetter, nur in leichter Kleidung, drei Tage lang auf einsamen, schmalen Wegen entlang der Küste. Einmal machte ich die Erfahrung, wie einsam man sich fühlen kann.

Auf einem abgelegenen Aussichtspunkt wollte ich als Letzter mein Motorrad starten, welches nicht ansprang. In der Zwischenzeit waren meine beiden Begleiter auf dem schmalen Weg voraus gefahren und nicht mehr in

Sicht. Auch wenn diese meine Unbill mitbekommen hätten; ein Umkehren wäre für sie erst nach langer Strecke möglich gewesen. So mühte ich mich ab mit Starten, was aber erst nach langer Zeit zum Erfolg führte.

Irgendwann hatten meine Begleiter mein Fehlen bemerkt und warteten auf mich. Natürlich war bei diesem Vorfall weit und breit keine andere Menschenseele zu sehen. Meine Frau hatte noch ein paar Probleme im Kreisverkehr auf der Rückfahrt in die Stadt, aber alles wurde gut überstanden, ohne die Aufmerksamkeit der Polizei zu erregen. Von dieser Reise schwärmen wir noch heute.

Kohlfirst

In meinen 4-wöchigen Lehrlings-Sommerferien unternahm ich einmal eine kombinierte Eisenbahn- und Fahrradtour. Die erste Etappe führte von Braunschweig über Rüdesheim und Basel nach Singen. Die Radfahrt von Singen nach Schaffhausen musste am späten Abend wegen Dunkelheit unterbrochen werden.

Die Nacht wurde in einem Feld auf Strohballen verbracht. In der Ferne bellte dann und wann ein Hund und liess mich nur unruhig schlafen.

Sehr früh am Morgen radelte ich weiter nach Schaffhausen und wohnte für einige Tage in der Jugendherberge "Villa Berg". Dort half ich als einziger Gast der Herbergsmutter beim Einkaufen. Einmal wurde ich auf Schweizerdeutsch aufgefordert, die Eingangshalle zu "wüsche", was ich als nass aufwischen verstand.

Mit Eimer, Wasser und Wischlappen machte ich mich sofort an die Arbeit, bis die gute Frau erschien und ausrief: Was machst du denn da? So lernte ich das erste

Dialektwort "wüsche" kennen, was auf gut deutsch "fegen" bedeutet und nicht "aufwischen".

Die Türen der einzelnen Zimmer waren mit den Namen umliegender Berge beschildert, eine davon mit "Kohlfirst". Die Fahrt ging weiter über St. Gallen, Bregenz und Lindau nach Oberstdorf/ Bayern. Im Laufschritt wurde das 2224 Meter hohe Nebelhorn bezwungen. Dann über Friedrichshafen, Meersburg, Stein am Rhein und Schaffhausen zurück nach Braunschweig zu meinen Eltern, welche schon ungeduldig auf mich warteten.

Viele Jahre später wollte ich mit meiner Schweizer Frau die Jugendherberge "Villa Berg" nochmals besuchen.

Ich erfuhr, dass dieses Haus 1962 einer Überbauung weichen musste und deshalb vom Zivilschutz gesprengt wurde. Allerdings durften Privatleute vorher brauchbare Sachen ausbauen.

Der Zufall wollte es, dass mein Schwiegervater für einen Umbau seines Hauses in Hallau unter anderem einige Türen von dort mitgenommen und eingebaut hatte. Bei der Besichtigung einer der Türen entdeckte ich später an der Tür das Schild mit der Aufschrift "Kohlfirst". Dies weckte in mir Erinnerungen. Ich durfte es abschrauben und behalten. Heute hängt es in unserer Sundowner-Hütte in Down Under.

Letztes Jahr im September, während unseres Europaaufenthaltes, las meine Frau zufällig in der Zeitung "Schaffhauser Bock" eine Notiz über das neue Buch "Villa Berg". Der ganze Werdegang mit Fotos der alten Villa der Unternehmer-Familie G.Fischer ist darin dokumentiert. Der Name des Autors war angegeben, welchen ich kontaktierte und fragte, ob sein Buch auch Fotos besagter Türen enthalte. Leider ist dies nicht der Fall, aber der Autor war sehr interessiert an meiner Geschichte; diese wird bei einer Neuauflage des Buches zugefügt.

Es ist doch sehr bemerkenswert, welch interessante Personen man nach so vielen Jahren aufgrund einer Geschichte über eine alte, unscheinbare Holztafel treffen kann.

Nachwort

Der Buchtitel „DreiLänderMann" verdient eine Erklärung.

Mein Leben spielt und spielte sich hauptsächlich in drei Ländern ab. Die ersten 24 Jahre verbrachte ich in Niederschlesien und Norddeutschland. Durch Vertreibung 1946 aus Schlesien und Aussiedelung nach Niedersachsen kam nirgendwo ein Heimatgefühl auf. Die ganze Verwandtschaft war zerstreut und verlor all ihr Hab und Gut.

Inspiriert durch meine Fahrradtouren in jungen Jahren, wanderte ich mit meiner jungen Familie in die Schweiz aus, was damals noch ohne Probleme möglich war. Allmählich verbesserte sich meine finanzielle Situation, denn ich hatte Erfolg im Beruf. Die Tätigkeiten füllten mich aber nach Jahren nicht mehr aus. Nach einer leichten Rezession Mitte der 70er Jahren machte ich mich ohne grosse Vorbereitung beruflich selbständig.

Leider ging zu dieser Zeit meine langjährige Ehe in die Brüche, aber es wurde für alle Beteiligten eine befriedigende Lösung gefunden.

Es dauerte einige Jahre, bis ich sicher sein konnte, mit dem Start eines eigenen Betriebes die richtige Entscheidung getroffen zu haben.

Besondere Umstände erlaubten es mir, nach 29 Jahren in der Schweiz, mit meiner neuen Liebe nach Australien auszuwandern. Dies war meinem jüngeren Sohn zu verdanken, welcher sein Forensik-Studium in Lausanne abbrach und mein Geschäft übernahm. Seit 26 Jahren geniessen wir nun hier unser neues Zuhause.

Die deutsche Staatsbürgerschaft verlor ich nach dem Erwerb des Schweizer Bürgerrechts kurz vor unser Auswanderung. Hauptgrund für diese Einbürgerung war, dass ich als Deutscher nach zwei Jahren Auslandsaufenthalt die Niederlassung in der Schweiz verloren hätte.

Es war nicht einfach, die Aufenthalts-Genehmigung in Australien zu erlangen, dafür verlief die Einbürgerug dort relativ einfach.

Trotzdem ich jetzt nur Bürger von zwei Ländern bin, darf ich mich zu recht "DreiLänderMann" nennen.

Manfred Karl Becker Mann

Down Under, 2019

<u>75 Limericks, teilweise in deutsch und englisch</u>

Der Limerick ist ein seit 1822 nachweisbares englisches Versgedicht in fünf Zeilen nach dem Schema aabba.

Die eine Sorte ist gedacht für die Männerwelt und die Geistlichkeit und daher frivol bis obszön.

Die andere Sorte ist für die Damenwelt und daher moderat.

Die folgenden Limericks sind eher moderat, über Jahre zu Geburtstagen und anderen Anlässen entstanden und haben die Empfänger überrascht und erfreut. Manche Leser werden sich darin wiedererkennen.

Beispiel (nicht von mir)

Da war einst ein Mann in Peru,

der träumte, er ass seinen Schuh.

Als er in der Nacht

voll Schrecken erwacht,

stellt er fest, es traf wirklich zu.

Halsschmerz

Die Gisela hat einen Rachen,

mit dem kann sie zur Zeit nichts machen.

Im Hals der Schmerz

geht bis zum Herz;

darüber kann sie garnicht lachen.

Anwort

Und Manfred, der gemeine Hund

treibt es mit meinem Schmerz zu bunt.

Das nächste Mal

hat er die Qual

und den Schmerz in seinem Schlund.

Basenfasten am Schellenberg

Wird´s zum Entschlacken höchste Zeit:

Zum Schellenberg ist es nicht weit.

Bei der Frau Blum kannst du es tun;

das Team vor Ort ist stets bereit.

Billigflieger

Economy, discount zu fliegen,

da sitzt man krumm und muss sich biegen.

Greif´ in die Kasse,

flieg erster Klasse,

du reist bequem und auch gediegen.

Geburtstag

Schon wieder ist ein Jahr vorbei

Und es passierte allerlei.

Gib auf dich Acht

bei Tag und Nacht,

dann gibt es keine Schererei.

Die Kirche zu Dornstetten

Da gibt es diesen Herrn, den Netten,

der spielte gut, du kannst drauf wetten,

die Orgel im Sturm;

führt dann auf den Turm.

Das findet man nur in Dornstetten.

Same in English

There is in Dornstetten a man,

plays organ as quick as he can.

He climbs up with power

the churches old tower;

Of all this he must be a fan.

Der neue Führerschein

In Gebenstorf gibts eine Maid,

die kriegte schlussendlich Bescheid

in einem Brief,

dass es gut lief:

Der Führerschein liegt jetzt bereit.

Geburtstag

Der Nico hat Geburtstag heut;

Zum Feste kommen viele Leut.

Sie schenken viel

mit viel Gefühl ;

Er sich schon auf den nächsten freut.

Same in English

There was once a little boy,

was everybody`s luck and joy.

Now be aware,

take awesome care:

Don`t use your phone just like a toy.

Gute Wünsche

Gute Wünsche, auch die Frommen,

werden gerne angenommen.

Doch guter Rat

ist in der Tat

meistens garnicht sehr willkommen.

Rotary Club wieder in Peking

In Peking einst `ne Glocke stand,

Bis Mao siegte in dem Land.

Auch Rotary

war "History"

selbst ihre Glocke kam abhand.

Weiter:

Jahrzehnte später war die Wende:

Es kam zu einem guten Ende.

Zu guter Letzt,

ganz unverletzt

kam sie zurück in Rot`rys Hände.

Mirabellenschnaps

Die Früchte lagen schon im Gras;

Das Sammeln machte keinen Spass.

Nach einem Brand,

dies ist bekannt,

machen sie sich ganz gut im Glas.

Golf

You know there was a quite nice Swiss,

whose golf strokes he did never miss.

So said his mates

in their debates.

You think they didn`t take the piss?

Telefon

Da gibt`s in Graz doch diesen Dieter;

Kein andres als das Smart Phone liebt er.

Es ist nicht schwer;

Ich hoffe sehr,

dass er wird bald auch Telefon Mieter.

Ein Freund

Der Dieter aus der Steiermark,

mit achtundsiebzig ist er stark.

Sein Haar ist voll

so wie es soll:

Trink weiter Wein und iss schön Quark.

Wendland

Ich lieb` das Wendland, weil ich dort

nur schwärmen kann in einem fort.

Man fühlt sich gut,

kriegt frischen Mut;

Ist auf der Welt der schönste Ort.

Einladung

Sitzt du bei Horst auf der Terasse,

gehörst du auch zu dieser Klasse :

Die nobel isst

und schnell vergisst :

Das bekommt nicht die breite Masse

Golf

Tomorrow is a special day;

We're currently on our way

to Freudenstadt

for drive and putt,

if this is for the girls okay.

Sorge tragen

Wenn David hätt` nicht seine Inge,

Es ihm nicht so vorzüglich ginge.

So kann er sich

ganz sicherlich

erfreuen noch so mancher Dinge.

Debts

Don`t trust a Scotsman when he bets

cause he forgets to pay his debts.

One should remind him:

No pay is a sin:

It`s not the first time he forgets.

Geburtstag

Was ist heut` los im Schützenhaus?

Dort gehen viele rein und raus.

Denn zwei mal siebzig,

ist das nicht witzig,

feiern Clemi und seine Maus.

Birthday

David`s birthday is today

we do wish without delay

only the best

and you might test,

if your MG is still ok.

Geburtstag

Trage Sorge zu der Inge,

dass sie sein kann guter Dinge.

Stoss mit ihr an

und wünscht euch dann,

dass die Zukunft Gutes bringe.

Aufpassen

Roberta, die hat viele Katzen

Und jede davon hat vier Tatzen.

Sind sie schlecht drauf

pass besser auf,

denn sie tun dich schnell mal kratzen.

Geduld

Viele Leute tun sich schwer,

nehmen sich die Zeit nicht mehr

für die Sachen,

die zu machen.

Wo kommt diese Eile her?

Boy

We have a friend her name is joy

she doesn`t need an extra toy.

Cause Lancelot act

that is a fact

as lover and as beauty boy.

Besuch

Ganz hinten in dem Thüringerwald,

da machten wir mal wieder Halt.

Es war so schön,

wir müssen geh´n.

Ein letzter Gruss an Jung und Alt.

Harmony

Three quarters of a century

you both are still in harmony.

Keep going dears

and have no fears

long life will be your destiny.

Sorgenfrei

Der Manfred kann ganz ohne Sorgen

ganz ruhig schlafen bis zum Morgen.

Was er nicht hat

in der Werkstatt,

kann er sich von den Freunden borgen.

Wedding

There is a girl called Stephany

she likes to live in harmony

now with a man

I hope he can

put in his hands her destiny

Im Kinderheim

Gabi kämpft als Küchentiger

wie ein altbewährter Krieger.

Auch auf dem Rad

ist in der Tat

sie allermeistens stolzer Sieger

A true story

David who liked always toys

bought himself a nice Roll-Royce.

But with certain grim

I´ll never sit in

his darling wife said with strict voice.

continue

Glen Eagle once was David's choice

Where he then did drive his Rolls-Royce.

At the same time

Malawi's first Prime

was coming for golf with some boys.

continue

As committees lining the stair

to welcome the Prime in fresh air

committee was shocked

when David's car blocked

Primes spot and he did not much care.

End of that story

Since David had always his pride

he switched of the engine and bide

get lost you pour bunch

I´m having my lunch

left the car and said you can park it aside.

Koch

Und Horst, der ist ein guter Koch,

da fällst du in kein Hungerloch.

Essen und Wein,

alles ist fein,

da kannst du schlemmen noch und noch.

Geburtstag

Heute feiert die ganze Welt

den ganzen Tag und wem`s gefällt

Christianes Tag

und jeder mag

ein Küsschen geben oder Geld.

Birthday

Because it`s Christiane's day

we like to say without delay

we wish the best

and don`t do rest

do carry on and find your way.

Gaststätte "Sonne" in Bonndorf

Da hing einst ein Schild über`m Tresen,

Als wir in der "Sonne" gewesen.

Die Wirtin gab`s her;

es fiel ihr nicht schwer.

Hat Willi schon sowas gelesen?

Und weiter:

Sehr weit ist der Weg von Australien.

Für`s Fest war`s zu spät, auch für Dahlien.

Doch nun sind wir hier;

wir trinken Will`s Bier

und singen mit ihm ein paar Arien.

Invitation

Hey Will you had never a look

At M & M`s wonderful nook.

Just make up your mind

you easily find

an agency where you can book.

Besuch

Im Garten steht ein kleines Haus,
gehört seit langem Bruder Klaus.
Und jeder weiss,
 dort gibt es Speis`;
uns zieht es manchmal dort hinaus.

Fate

As you`re in a hurry just wait
your husband again is too late.
This lazy old sod
Is certainly odd.
Always waiting for him is your fate.

Desoto Diplomat 1950

Marcella likes me every day

she`s nursing me without delay.

On top of all

I must recall

for my old car she did just pay.

Geizling

Da gab`s einen Geizling in Seelenbach;

das Geld gab er aus nur mit Weh und Ach.

Den alten Karren

tu bald verscharren,

denn wenn du erst tot bist, kommt nichts danach.

A girl from Limerick

If you ever drop in at the "Shed"

you definitely will be good fed.

And Erica's smile

will last for a while

just the Limerick`s name must be said.

Potsdam

Es gibt da in Potsdam ein Haus,

in dem leben Ute und Klaus.

Ob Eis oder Schnee.

Vom Haus da am See:

Nur Unbill bringt sie dort hinaus.

Bloke

There was on the golf course a bloke

he swears like a prick as he stroke.

Golf does not improve

just make the right move

and tell us instead a good joke.

Appenzell

Johannes ist ein Mann von Welt;

für seine Frau ist er ein Held.

Nach Appenzell,

so heist es, gell,

er seine Gäste hinbestellt.

Luck

Luck is sometimes like a game

and Marcella was the name.

No girl I met

nor brown or red

never would have been the same.

Plantage

Stehst du in dem Orchardsraum,

siehst du Manfreds Mangobaum.

Bis unterdessen

sie reif zum Essen,

kann er es erwarten kaum.

Mütze

Onkel Fritz ass seine Grütze

neben einer grossen Pfütze.

Da kam ein Wind,

blies ganz geschwind,

in die Pfütze seine Mütze.

Stetten

Da gibt es diese Frau in Stetten;

sie ist die Netteste der Netten.

Hat sie mal Zeit,

ist sie bereit

zu einem Schwatz, drauf kannst du wetten.

Hochzeit

Our home is still lonesome away,

but this year we will spend a day

in Balzers with you

and have some fun too

if this is with you folks ok.

Weiter

St. Moritzer kann man versteh`n

wenn sie nach Liechtenstein mal geh`n.

und Balzers ist nah,

der "Losi" dies sah;

das haben wir kommen geseh`n.

Weiter

Bald ging der Losi dann von Balz

ganz unbedarft wohl auf die Walz.

Da kam schon von Quer

das "Wuschel" daher;

süsser noch als Honig und Malz.

Weiter

Sein Spruch, der liegt uns noch im Ohr:

Bei mir kommt nie `ne Hochzeit vor.

Und plötzlich, ihr seht`s,

kaum einer versteht`s,

schon singen die Englein im Chor.

Weiter

Ein Haus ist schon fertig gemacht,

nun stellt sich die Frage ganz sacht:

Wie steht´s mit `nem Kind?

Das geht ganz geschwind.

Es geht schneller, als ihr gedacht.

Weiter

Nun wünschen euch hier alle Leut`,

dass nie ihr diesen Tag bereut.

Ihr wisst genau,

dass Mann und Frau

zusammen haben viel mehr Freud`.

Geburtstag

Klaus war ein Bild von einem Mann,

da schmissen sich die Mädchen ran.

Ein Mann von Welt,

ein wahrer Held.

Ich mich noch gut erinnnern kann.

Weiter

Der junge Klaus hatte versprochen,

im Topf Kartoffeln gar zu kochen.

Er stellte an,

verschwand sodann.

Im ganzen Haus hat es gerochen.

Weiter

Jeweils `nen frechen Spruch zur Hand,

so war der Schüler Klaus bekannt.

Eine mit Rad

sich dies verbat,

weil sie das garnicht höflich fand.

Weiter

Das Kofferradio stets zur Hand,

mit der Lambretta durch das Land.

Lehre bestanden,

Geld war vorhanden:

Wie gut er nun das Leben fand.

<u>Weiter</u>

Mehrmals, wenn mein Beutel lehr

kam mein Bruder Klaus daher.

`Ne Mark gab er,

manchmal auch mehr.

Gefreut hat es mich damals sehr.

<u>Weiter</u>

Klaus hat schon in jungen Jahren

Mengen Alkohol vertragen.

Rauchte immer,

ging nicht schlimmer :

Keiner konnte ihn bewahren.

Weiter

Klaus leihte sich mein Auto aus,

blieb liegen vor ´nem Freudenhaus.

So mancher dachte,

was ich dort machte,

und wann kommt endlich er dort raus?

Kirschendiebe

Im Fricktal steht ein Kirschenbaum,

diese Geschichte glaubt man kaum.

Denn wir Alle

in dem Falle,

befanden ins im falschen Raum.

Gratis

Grüne Zweige an der Wand,

etwas, was der Klaus einst fand.

Und das war,

dies ist klar,

irgendwo im Heurigenland.

Weiter

Ein Mann stand noch auf einer Leiter,

Klaus sah dies und dachte heiter:

Wir machen Pause,

hier gibt´s ´ne Jause,

jetzt fahren wir mal erst nicht weiter.

Weiter

Verzehrten alles, was bestellt,

wollten zahlen, was hingestellt.

Der Mann nur lacht,

sagt mit Bedacht:

Hier ist privat, ich nehm` kein Geld.

Gesättigt

Es ist schon eine Weile her,

da ärgert sich die Bea sehr.

Denn mit Bedacht,

weil unbewacht,

frass doch ihr Hund den Fleischtopf leer.

Und zum Schluss einen Limerick der ersten Sorte

Es gibt da einen Mann in Bahrain,

dem wurde doch die Vorhaut zu klein.

Ein Arzt schnitt sie weg,

erfüllt war der Zweck.

Nun kann er pinkeln ganz ohne Pein.